Die Messingstadt, das ist Babylon-City: Metropole, Moloch, Stadt der Unterwelt. Einer, der sich Jean nennt – »kein Verbrecher, nur nicht besonders seriös« –, läßt sich durch die fiebrige Nacht treiben, zieht durch Billardsäle, Tingeltangelkneipen und sonstige Etablissements. »Irgendwann«, sagt Sylvia, »hast du dich in einen Wolf verwandelt.« In einen Wolf, der alles mit den Augen verschlingt, in einen Voyeur, dem Gefühl und Regung hinderlich sind im Dschungel von Babylon-City, der auf Zeit mit einer Nutte lebt, bis diese ihm sein Geld wieder zurückgibt, bis kommt, was kommen muß: eine Liebesgeschichte, die nicht sein darf, weil sie die Spielregeln und die Balance über dem Abgrund durcheinanderbringt. Ein Roman, der uns mit allem Gespür für Zwischentöne, in die Unter(welt) der »Einzelgänger mit ihrer verletzbaren Würde« mitnimmt, in die verrauchten Hinterzimmer, Casinos und Absteigen der gefräßigen Metropole Babylon.
»*Die Messingstadt* liest sich wie eine Fortsetzung der 1978 erschienenen Erzählung ›Licht‹. Es scheint, als hätte der neue Protagonist, der Spieler und Flaneur Jean, die Konsequenzen aus dem damals veranstalteten Treiben, dem Scheitern der Liebe, den Verwundungen durch den Bruch der Treue und des Verrates gezogen.« DIE ZEIT

Christoph Meckel, geboren 1935 in Berlin, studierte Malerei und Graphik in Freiburg und München. Er veröffentlichte zahlreiche Prosa- und Gedichtbände. Für sein Werk wurde er u. a. mit dem Rilke-Preis und dem Bremer-Literaturpreis ausgezeichnet. Im *Fischer Taschenbuch Verlag* sind außerdem erschienen:
›Licht‹ (Bd. 1200), ›Nachrichten für Baratynski‹ (Bd. 5424), ›Ein roter Faden‹ (Bd. 5447), ›Suchbild · Über meinen Vater‹ (Bd. 5412), ›Plunder‹ (Bd. 9255) und ›Bericht zur Entstehung einer Weltkomödie‹ (Bd. 10931).

Christoph Meckel
Die Messingstadt

Roman

Fischer Taschenbuch Verlag

Veröffentlicht im Fischer Taschenbuch Verlag GmbH,
Frankfurt am Main, Juni 1993

Lizenzausgabe mit freundlicher Genehmigung des
Carl Hanser Verlag München Wien

Umschlaggestaltung: Buchholz / Hinsch / Hensinger
unter Verwendung einer Radierung von Christoph Meckel
Satz: LibroSatz Kriftel
Druck und Bindung: Clausen & Bosse, Leck
Printed in Germany
ISBN 3-596-11367-9

Wo warst du, als am Morgen die Gestirne
laut aufschrien vor Freude

BC

Er hatte immer gelebt, wo er leben wollte, an ausgesuchten Plätzen der westlichen Welt, in Wohnungen oder Bungalows, die ihm gefielen, in Hotels, die dem Wunsch entsprachen, unterzutauchen, im Schatten großer Ereignisse unsichtbar. Die Wahl der Orte zu haben und zu behalten und in guten Kleidern zu erscheinen, war der einzige Luxus dieser Lebensart. Alles andere schien zweifelhaft, immer weniger wichtig im Lauf der Zeit, und er war sich Tag und Nacht darüber klar, der eigenen Person nicht nähergekommen zu sein. In der Existenz war nichts Vertrautes für ihn. Er hatte zu keiner Zeit für möglich gehalten, daß Dasein etwas Heimatliches sei.

Er lebte in Städten, am besten in Metropolen, in leeren Apartments der Londoner Innenstadt, in Paris, in Berlin, in Chicago und in Oran – wobei der Zufall viele Rollen spielte – und hatte Haus und Ort oder beides verlassen, wenn eine Liebesgeschichte zu Ende war. Mit dem Verlust einer Frau kam er nicht zurecht, es gab in den Abschieden keine Gewohnheit für ihn. Wer immer er war oder wurde – er war Spieler, das Spiel war seine Seele, sein glücklichster Abgrund, das unbeweisbare Risiko sein Vergnügen, und es war ihm egal, als zweifelhaft zu erscheinen, nicht vertrauenswürdig, ein Fall für sich. Seriöse Leute ödeten ihn an, und der Anschein von Wert und Würde war ihm fatal. Echt oder richtig waren nicht oft der Fall, er hatte nicht viele Ausnahmen kennengelernt. Was er kennenlernte und abschließend wußte, war Undurchsichtigkeit und keine Gewähr, und die Tatsache, daß die Erkenntnis nichts Neues war.

Er war in wenigen Nächten heruntergekommen, die Chance war vorbei, er hatte sein Geld verspielt, ein glatter Durchbruch nicht zum erstenmal, doch so blank, so restlos, daß er den Ort verließ. Er stand am Fenster und sah auf den Boulevard, er hatte drei Jahre auf ihn heruntergeblickt, er sah die Dächer der Autobusse im Regen, Platanen, Passanten, Schirme, alle naß, Marquisen, Straßenhändler und nasse Steine, der Anblick nasser Steine verstimmte ihn. Er liebte trockene Steine und flimmernde Mauern, von Sonnenlicht durchwärmten hellen Fels, oder blau überschwemmte Steine im Schaum einer Brandung, wenn der heitere Sommer die Materie umgab.

Er sah sich um und stellte wieder fest, daß ihm wenig gehörte, darunter kein Ding von Wert, zwei Koffer ungesellig auf der Diele, darin war alles, was er noch besaß. In drei Räumen verteilt, zwischen wenigen Möbeln, sah das ganze Eigentum wie Ferien aus. Notfalls tragen zu können, was man besaß, war die gute Devise ambulanter Leute, so lebten Flüchtlinge, Spieler und Artisten, hinter zweifelhaften Adressen, oft allein. Die Zimmer waren leer, von Platanen verschattet, er sah durch triefende Blätter auf ein Gebirge, in dem er vermutlich niemals war. Er trennte sich leicht von Fahrzeugen, Städten und Ländern, gab aber ungern gute Wohnungen auf. Mit zwei Koffern stand er vor ungefähr nichts. Ein Job ermöglichte ihm, sich abzusetzen: er chauffierte einen Volvo nach BC, das Ding war schrottreif, aber aufgemöbelt, und er fragte sich, was es sonst enthielt. In einem leeren Wagen war etwas, die Pneus oder Autopapiere enthielten was, und wenn das vielleicht kein Potshin war, ein halbes Dingdrehn war das jedenfalls. Er verschwand aus einer Stadt nicht zum erstenmal und gab, da er untertauchte, kein letztes Souper. Er ließ ein paar Frauen zurück, die ihn nicht liebten, fehlende Liebe konnte ihn enttäuschen und war jetzt ein Grund, gewissenlos froh zu sein. Sein Untertauchen betraf nur ihn selbst.

Der erwartete Wagen fuhr vor und parkte. Ein Lieferant, er hatte ihn schon gesehen – Ohrring, Sonnenbrille, nackter Kopf, alles übrige Leder – überreichte ihm ungesprächig das Zubehör, Schlüssel, Dokumente und etwas Geld, ließ Papiere unterschreiben, nickte und ging, und hatte die beiden Koffer nicht bemerkt. Er brachte die Koffer zum Wagen und fuhr weg. Es war ein kalter, trokkener Nachmittag, Sonne glänzte auf allem, was nicht Beton war, sinkendes weißes Herbstlicht in waagrechten Strahlen. Der Berufsverkehr schob langsam über die Brücken. Er fuhr gedankenverloren, fast ohne Empfindung, eingeklemmt zwischen lichtreflektierenden Wagen, aus einer Millionenstadt in die Metropole, die kannte er schon, er hatte dort mal gelebt, Babylon City, seine erste Station, und alles in allem ein haltbarer Limbo für ihn.

Lange Strecken zu fahren, wenn möglich nachts, und Zeit zu verlieren an nebensächliche Zwecke, das machte ihm Vergnügen und tat ihm gut. Er fuhr auf Ausfallstraßen durch offenes Land, sehr schnell hinunter in farblose Dämmerung, Krähen ließen sich über die Fahrbahn fallen, mit unbewegten Flügeln, in niedrigen Bögen. Die weite Ebene leuchtete noch von Bauten – Fabriken, Kanäle mit Brücken und alte Chausseen, Baumbauwerke voll herbstlicher Blätter, Pappellaub in Windstößen, leeres Geäst. Rauch vieler Abfallplätze verlor sich im Zwielicht, und der Wagen füllte sich mit Gestank. Auf einmal war Nacht, eine lastende, volle Schwärze, sie schien sekundenschnell in den Raum gedrungen, Scheinwerferlicht voller Schilder, Signale, Namen – er glaubte, Signale nur im Dunkeln zu sehen – und Tankstellenplätze unter weißem Licht. An einer Raststätte hielt er an; als er

Kaffee trank, wurde er angesprochen. Eine Frau, eine weibliche Stimme im ersten Moment, fragte, ob Platz in seinem Wagen sei und ob er sie mitnehmen könne nach BC. Er sah, daß sie etwas bedrückte, ein stilles Gesicht, übernächtigt oder ratlos und ziemlich jung. Daß er bejahte, schien sie zu beleben, sie dankte und trank gern eine Tasse Tee; Zigarette und Sherry waren nichts für sie. Sie stand ihm im offenen Mantel gegenüber, bemerkte seine Blicke und schien verlegen, und er sah, daß sie keine Nutte war. Eine kleine Ledertasche war ihr Gepäck, die konnte nicht mehr als Necessaire enthalten. Ihr Unterwegssein sah nicht nach Reise aus. Sie sagte nichts, er sprach nicht viel mehr als sie. Ihm gefiel, daß sie keine Umstände machte, weder Höflichkeiten noch Nettsein von sich gab, und ihre Dankbarkeit nicht übertrieb.

Er führte sie über den Parkplatz zum Wagen, sie setzte sich zurecht und hielt ihr Täschchen, offensichtlich froh, einen Platz zu haben, sie schien erleichtert und lächelte gern. Der Volvo fuhr durch trockene kalte Nacht, schlaffe Windsäcke, Blätter und Eis in den Gräben, leere Fahrbahnen, Rastplätze voller Container, zwischenzeitliche Öde, Saison für nichts. Die Frau schien ohne Geruch, das wunderte ihn, ungeschminkte Lippen und wenig Schmuck, eine matte weiße Perle am linken Ohr, am rechten kleinen Finger ein silberner Ring. Sie machte sich nicht bemerkbar, wollte nicht rauchen und sah mit offenen Augen geradeaus. Sie war nicht der Typ für die übliche Nacht im Motel, und er hatte auf Zweifelsfälle keine Lust. Er konnte eine Diana dafür schätzen, daß sie hübsch war und ihn in Ruhe ließ.

Es ergab sich von selbst, daß sie sprachen, er fing damit an, zu laut im Dröhnen des Motors, im Zwielicht des Wagens, dann wollte sie wissen, wie oft er die Strecke fahre, er schien sie zu kennen, sie kannte sie nicht. Sie sagte: ich kenne nicht viel, das ist ganz schlimm. Was war denn schlimm daran, daß sie wenig kannte, es war nur schade, daß sie nachts nichts sah, Straßen und Dunkelstrecken, verwunschene Gleise, da lag Jerusalem und man fuhr vorbei. Hatte er Jerusalem gesagt? Er hätte auch Lissabon oder Lund sagen können, es kam auf die Wünsche und auf die Entfernungen an. Sie sagte: mir war lang nicht mehr richtig warm, jetzt geht es mir gut, unglaublich, Sorglosigkeit. Später fragte er, ob ihr etwas fehle, er hatte doch bemerkt, daß ihr etwas fehlte, da sagte sie eine Weile nichts.

Er ließ sie in Ruhe, ihr Gesicht war hart. Sie schien nichts wissen zu wollen und fragte nichts. Über sich selbst schien sie etwas zu wissen, und was sie wußte, für sich zu behalten. Er schlug ihr vor, zu schlafen, Augen zu – bis Babylon-City blieb Zeit genug – sie schreckte zusammen, setzte sich zurecht und sah an ihm vorbei in die Nacht. Und als er sie bat, mit ihm zu sprechen – er schwamm in Schläfrigkeit, benommene Augen –, sah sie ihn zweifelnd an und sagte nichts. Die Zeit verging im beleuchteten Zifferblatt, sie schien zu vergehn, danach vergangen zu sein, die Zeit im Volvo und seine eigene, die Zeit der Person neben ihm und die Zeit der Nacht; eine andere blieb unverbraucht zurück im Land, das flüchtig erhellt zwischen Bäumen zum Vorschein kam. Gegen Morgen fiel Schnee, er sprühte im Licht entgegen, beschlug die Scheiben und lag auf der Fahrbahn fest. Schlohweiße Wirbel schlossen den Wagen ein. Er fuhr verlangsamt, ohne genaue Sicht, durch angesammelten Schnee, auf spürbarer Glätte, in verflatternder enger Raumlosigkeit, und die Frau neben ihm – er hatte sie fast vergessen – schien das Fahren normal zu finden und sagte nichts.

BC war nicht mehr weit, im Schneefall verschollen, ohne Widerschein in der Nacht, Phantom in Etappen, Flimmerschriften *Amira, Belmondi, Baal* – Saunen, Nachtclubs oder Restaurants – Schnee im Flutlicht über verschneiten Campings, Engpässe, Ampeln und Radarkontrollen, spritzendes Viehsalz und verschmierte Scheiben, er glitt in einen lichtlosen Tag hinein. Was hell in der Luft war, wurde am Boden Schlamm, Schnee ohne Schönheit und Freude, vergebliches Weiß. Schneewasser triefte und sprühte aus jeder Richtung, Nebel aus Tropfen und Flocken verschlug die Sicht. In einer Kurve rutschte der Wagen weg, fiel oder raste eine Böschung hinunter, schrammte gegen Steine und hing fest, mit zerquetschter Motorhaube in einem Loch. Die Frau lag hart an seinem Arm, er hatte in Krach und Knirschen ein Seufzen gehört.

Das Loch war eine Senke aus Beton, voll von Wasser und Müll. Die Frau war am Leben, das war genug, die Tür an ihrer Seite war aufgeplatzt, er schob sie von sich fort und aus dem Wagen, und sie hielt ihr Täschchen mit fünf Fingern fest. Sie sah in den Schnee, in den Himmel und dann auf ihn, er kroch an zerdrücktem Blech vorbei ins Freie, stand neben ihr und spürte den linken Fuß. Da lachte die Frau, das Täschchen in Händen bebte – sie schien zu begreifen, daß sie am Leben war –, er hörte die fremde Stimme vertraut und heiter, als lache sie über Chaplins Fall vom Stuhl. Sie standen im drekkigen Schnee an einer Halde, von flachem Land und verstreuten Baracken umgeben, nicht weit die Stümpfe durchbrochener Planken, von Zeit zu Zeit flog ein Scheinwerfer drüber hinweg. Er nahm die Autoschlüssel und Koffer an sich, sie kletterten durch den Schnee auf die Straße zurück, und wateten hintereinander, die Frau voraus, durch Matsch und Pfützenwasser in Richtung BC. Als sie sah, daß er humpelte, trug sie den kleineren Koffer, überholende Maschinen schleuderten Matsch, kein Wagen hielt, sie waren durchnäßt und froren, und er war fast so gut gelaunt wie sie. Sie drehte den Kopf und rief: das macht doch nichts, oder? Es machte nichts, sie schien sein Gewissen zu kennen, ein rundes Glück bis auf den falschen Fuß.

Im Taxi nach Babylon-City, zwei Stunden später, sortierten sie das gemeinsame Taschengeld, sie nannte eine Adresse, Hotel Senlis, und lehnte jeden anderen Vorschlag ab. Seite an Seite in gewärmten Polstern, übernächtigt, sorglos, in verbrauchten Kleidern, erkannten sie sich in einem Blick, die Berührung ihrer Schultern war nicht zuviel. Taxifahren, für ihn eine alte Gewohnheit – er fuhr auch Taxi, wenn er pleite war –, erschien ihr ganz unerwartet und luxuriös, eine kostbare, warme Gewißheit, ein Platz für sie. Über den Vorstädten mischte sich Rauch mit Regen, unendlich oder ewig schien dieser Rauch, aus Flüchtlingslagern steigend, aus Slums und Baracken, bissig, sauer, erstickend und ihm vertraut, obwohl er nicht aus dieser Versenkung kam. Der gefeierte Himmel war hier schwarze Luft, die naß und stinkend auf die Materie drückte, er kannte das schon, sie atmete ohne Bedenken, schleimige Vertrübung von Wasser und Erde, Stein, Holz, Metall und allem, was drin lebte. Er glaubte Glocken zu hören, aus welchem Grund, und hatte tatsächlich ein paar Glocken gehört. Sie kamen in ein normales Hotel, nicht weit von den Straßen, die er von früher kannte – Boulevard Chamson, Boulevard Mirabel, Avenue Tel Baruch – und er füllte für beide einen Zettel aus. Er telefonierte mit der Volvoadresse, schickte Papiere und Schlüssel hin.

In der Nacht fing sie an, von sich zu sprechen. Sie sagte: ich will mit dir sein, du mußt es wissen.

Das Schlimmste, was ihr passierte, war ein Mann. Sie nannte ihn Shlo. Nach ein paar Tagen und Nächten war ihr klar, daß der andere, ihr bester Geliebter, ein Schurke war. Sie wiederholte: schlimmer als Belami – über Belami erfuhr er nichts –, und mit ihm schlafen wollte sie nie mehr. Das war sehr schnell unmöglich geworden: er zieht das Hemd in ihrem Zimmer aus. Dann kam er wieder, aber sie wollte nicht, das hielt er für eine Laune und gab ihr Zeit. Als er begriff, was sie wollte – sie wollte nichts – lud er sie in der Nacht zum Essen ein. Sie war erleichtert, glaubte alles gut, und hatte ihn dunkler gesehen, als er wirklich war. Sie aßen in einem polnischen Restaurant – *Pitschipoi*, er kannte es, lange her, mit vertraulichen Dauerkellnern und Pianist –, Krakauer Felchen in Sahne, Champagner und Eis, und er redete ganz normal, so normal wie immer, vielleicht ein paar Ausdrücke stärker als sonst, von netten Sachen, die er schon lange wußte, und führte vor, wie smart er die Sache nahm. Später saß sie betrunken in seinem Wagen, und er wollte von ihr wissen, was weiter passierte, irgendwas schien in der Nacht passieren zu müssen, und ob sie das wirklich wollte, oder nicht? Sie sagte nochmal dasselbe, vernünftig, sanft, und ihre Hand lag auf seinem Arm. Die Antwort war: er stieß ihre Hand zurück, verbot ihr, sich anzuschnallen und fuhr los. Er sagte: ich fahre und du wirst gefahren, und daß du von mir chauffiert wirst, kannst du glauben, und bremste hart, ihr Gesicht fiel nach vorn, sie fing den Sturz mit beiden Armen auf. Er startete wieder und bremste, gab Gas und bremste, und startete nochmal und bremste wieder, sie glaubte es nicht und glaubte es wieder nicht, dann drehte er eine Kurve und stoppte schnell, da knallte ihre Schläfe gegen Glas. Das war ein Anblick, wie er sie chauffierte, auf Backenzähnen kauend, kein Wort zuviel, ein Steak in Overall und Aftershave. Sie flehte ihn an, und sie weinte – er gab keine Antwort – bitte, das kannst du doch nicht, das kannst du nicht machen – er sah geradeaus und sagte: was kann ich nicht. Sie schrie seinen Namen, er hörte den Namen nicht. Sie wollte raus, bloß raus, und er schaukelte weiter, jetzt aber langsam an Straßenrändern entlang, belebten Boulevards mit Cafés und Pinten, und schien zu überlegen, wohin er wollte, sie wußte früher als er, wohin er wollte –

auf die leeren Straßen der Peripherie. Als ihm das klar war, schnürte der Wagen los, mit Glück über Kreuzungen, Rotlicht, Stop, und rutschte, daß ihr schlecht war, in ein Gehölz. Also was wollte sie, immer noch nein und nichts? Da gab er wieder Gas, auf die Fahrbahn zurück, und wackelte seinen Porsche geradeaus, bis sie nicht mehr wußte, wer sie war, früher mal war und überhaupt ein Bündel, das nichts mehr wollte und niemand war. Er jagte viermal um dieselbe Fontaine und wiederholte: was hast du gesagt? Sie hatte nichts gesagt und nichts zu sagen, da fiel sie ihn an, egal was mit ihr passierte – was ihm passierte, war sowieso egal. Sie verkrallte sich in seiner Hüfte, er stieß ihr den Ellbogen ins Gesicht. Er stieß ihn nochmal vor den Kopf, und es schmerzte noch. Er schlug nochmal zurück, das schmerzte nicht mehr. Aus der Nase lief Blut, wieviel Blut wohin, sie konnte noch spüren, daß es quoll oder tropfte, es lief immer mehr davon durch die Lippen, in den Mund hinein, aus dem Mund heraus. Sie hatte noch Angst vor Schmerz und Dunkel, das Licht war weg, es bedeutete nichts, wenngleich es noch Ampel oder Geflacker war – danach ein Schwindel, der löschte sie aus, Ohnmacht.

Sie saß im Wagen, als sie sich erholte, der Mann war weg. Daß er nicht da war, erschreckte sie, sie schien nur in seinem Wagen sicher vor ihm. Sie kletterte hinaus in die dunkle Luft, die Luft war eine Straße in der Nacht, und die Nacht so warm, so gut, daß sie leben wollte, atmen und Schritte machen, um jeden Preis. Ein gewöhnliches Wunder half ihr, sie fand eine Bar, es gab dort Toilette und heißen Kaffee. Sie dachte noch Telefon und eine Nummer, und gegen Morgen, die Luft war grau, kam ein alter Verehrer und nahm sie mit. Das war die Geschichte.

Sie saß Jean gegenüber an der Wand, dann lag sie an seiner Seite und schlief ein.

Sie blieben die folgenden Tage und Nächte zusammen, Zeit ihres Anvertrauens, verfliegende Tage, in denen wenigstens alles möglich schien. Er tauchte mit ihr bei befreundeten Typen auf – *Hasardeure* war kein Wort für sie – und ging mit Geld und Barschecks wieder weg, kleine Wunscherfüllung und neue Kleider, er kaufte ihr Schuhe, Wäsche, Parfüm, und das war für sie ein ganz neues Gefühl. Sie liefen zu Fuß oder fuhren im Taxi zur Küste, und es sah so aus oder kam ihr so vor, als könne das immer weitergehen, mit Sekt am frühen Morgen und Varieté, Herbst an der Küste und schöner Schlaflosigkeit. Sie schien das für sein gewohntes Leben zu halten. Ihre Gläubigkeit entwaffnete ihn und brachte ihn viel mehr in Verlegenheit, gläubig oder blauäugig oder beides – ihr stand nochmal eine kalte Enttäuschung bevor. Sie hatte so schmale, helle Handgelenke. Er verschonte sie, so gut es ging, mit den Lebensgeistern im Souterrain – *flüchtige Seele, Haus der Astarte, Hort des Gelächters* – schenkte ihr Schmuck und gelbe Rosen, einen Roman, der in ihr Täschchen paßte, und freute sich wie sie über Irish Coffee, in einer durchsonnten Veranda am Meer. An den Abenden war sie seine Geliebte, sie schien nichts zu vermissen, ihm fehlte nichts.

In einer Nacht, es war in der fünften Nacht, wurde am Türgriff gedreht, ein Name gerufen, sie stand in schwarzen Strümpfen neben ihm. Als sie im Bad war, schloß er auf. Vor ihm, in schwacher Beleuchtung, stand ein Mann. Es war zu spät, er wußte, wer das war, und hatte den Augenblick für möglich gehalten. Der Mann verschaffte sich Platz in der Tür, dann Platz im Zimmer, sah das gebrauchte Bett, und schlug ihn nochmal zusammen, vor dem Bad. Er lag am Boden, als er zu sich kam, das Zimmer war dasselbe, er atmete noch, das Bad stand offen, und die Frau war weg. Aus verquollenen Augen sah er das leere Bett, vom Fußende hing ein karierter Schal. Ein Deckenlicht brannte, also war draußen Nacht. Er war zu zerschlagen, um an Zeit zu denken, legte den Kopf zurück und wußte nichts. Er war wieder in BC gelandet, er war wieder da, wo er hingehörte, einer ohne Spielzeug, den

Mund voll Blut – ein Satz, auf den neuesten Stand seiner Zukunft gebracht. Das Bild einer Unbekannten, schöne Stimme, verflimmerte zwischen Verzweiflung und Übelkeit, aber auch jetzt amüsierte ihn der Gedanke, etwas von einer Frau zu wissen, wenn er den Namen kannte, sie hieß Cornelie.

Er kroch aus dem Hotel, er ging seine Seele suchen.

Châli

I.

Wunderbar
war Prinzessin Pferdehaar

Ist es nicht gleichgültig, wen man liebt? Ich habe mich der Erinnerung ausgesetzt, dem lebendigen und dem erloschenen Schmerz, den alten Illusionen, dem Rest des Traums, den Körpern und Stimmen, die im Gedächtnis sind, und weiß, daß die Liebe sich immer gleicht. Die Hoffnungen und die Wunschbilder sind dieselben, die überflüssigen und die falschen Gefühle, Erleichterung und Tristesse, wenn ein Ende gemacht ist. Erfahrungen, die einmal notwendig scheinen, ein zweites Mal ermüden, danach umsonst. Aber für alles Weitere ist gesorgt. Die Erfahrungen werden nochmal gelebt. Sie werden wiederholt, bis nichts mehr gilt.

Ich habe ein paar Jahre mit Lora verbracht, Rahel geliebt wie keine andere, ein Verhältnis mit Lidia beendet, undsofort. Ich habe betrogen und im Stich gelassen, wurde betrogen und im Stich gelassen, wurde hintergangen und habe verraten – Sätze, die mir leicht, immer leichter fallen –, das Übliche in unausgeglichener Verteilung, Spiele und Varianten im Repertoire. Es ist, nach allem, nicht der Rede wert. Der Wunsch, eine Frau vor Ernüchterung zu bewahren – er setzt voraus, daß man sie liebt –, ihr ein genaueres Wissen von mir zu ersparen, ein Versuch, der einseitig war, aber möglich schien, erwies sich in allen Fällen als verfehlt. Ich habe keine Frau vor Enttäuschung bewahrt. Irgendwann, sagte Sylvia, ich weiß nicht wann, hast du dich in einen Wolf verwandelt.

Seit Gabriella in der Wohnung lebt und schneller als eine Katze sich eingewöhnt – ich habe sie am Sonntag hergebracht, heute ist Freitag – scheint sich nichts wiederholt zu haben. Schön ist eine Frau, von der ich nichts weiß. Was für eine Chance, sie nicht zu besitzen, nicht kennenlernen zu wollen, es sei denn nachts. Sie verkörpert, spielend wie ich, eine Liaison. Ich verliere mich in dieser Sorglosigkeit. Es gibt keine Zweifel, Launen, Leidenschaften. Beiläufigkeit der Liebe, faire l'amour. Auch sie macht den Eindruck, sorglos zu sein.

Sorglosigkeit, Vergnügen, Spielerei – ein Wunsch, der sich in Absicht verwandeln ließ. Es war die Absicht, nicht mehr nur der Wunsch: ich lebe jetzt mit einer Nutte. Sie ist in zwei Zimmern der Wohnung eingerichtet, auf Stühlen und Betten liegen ihre Kleider, Strümpfe, Blusen, Bademantel, der Geruch in den Räumen hat sich verändert – halb

Herbst, halb März, voll luftiger Essenzen, Blüte im Wind, betauter Mohn, eine köstliche Reizung.

Ich verdanke sie einem Mittagessen mit Sylvia. Da ich das Milieu nur als Liebhaber kenne, die Bars und Bordelle im Vordergrund, das UNTER DEN TISCHEN VÖGELN, wie Sylvia sagt, bat ich sie zu erzählen, was sie weiß, den geschäftlichen Hintergrund der Profession, und was man wissen muß, um zu verhindern, daß man beim Handel Fehler macht. War es möglich, eine Frau zu kaufen, für ein paar Monate aus dem Verkehr zu ziehen? In Sylvias Überzeugung war alles möglich, vorausgesetzt, du hast die nötige Kreide und wirst von der Dame akzeptiert. Sie muß dich akzeptieren in diesem Fall – nicht immer einfach, das kann ich dir sagen – sonst läuft sie weg und du zahlst umsonst.

Sie schlug ein Souper mit ihrer Freundin vor, Gabriella, ganz wunderbar, unbesehen. Sie kam gewöhnlich erst gegen Abend zu sich und stieg nur zögernd aus dem Federbett, war aber vermutlich, was ich wünschte: eine schöne, patente, gewöhnliche Nutte, die in der Arbeit noch Vergnügen fand. Sie war nicht das übliche Schnallchen und keine Praline, kein Ärschlein vom D'Annunzio und keine Madonna – wie ich dich kenne, magst du diskrete Frauen, ich garantiere für Schönheit und Diskretion. Sylvia kündigte sie telefonisch an. Wenn du nett sein willst, und das steht dir am besten, spendier ihr weder Champagner noch Bordeaux. Das kann jetzt persönlicher für sie werden, also trink mit ihr, was du immer trinkst, und bring sie in ein gewöhnliches Restaurant, auf keinen Fall ins Danieli oder Atlantik, da sitzt sie sowieso jede zweite Nacht. Und sag nicht gleich Du oder Puppchen zu ihr. Sie ist nicht die feine Dame, für die sie sich ausgibt, aber per Sie – das ist doch die feinere Art. Amüsante Hinweise, wenn ich dran denke, daß Sylvia eine alte Freundin ist.

Sie kam am Abend des elften Januar (notiert für den Fall, daß die Erinnerung trügt). Ich war nicht erstaunt, daß sie pünktlich war, Zugvögel, Nutten und Priester sind zuverlässig. Sie kam zu Fuß vom Boulevard herauf, flüchtige Schritte einer Unbekannten, Schneeduft im Mantel, mit unbekümmertem Blick, der Körper bewegte sich lässig, die Hand war kalt. Sie schien sich als Russin stilisiert zu haben, irgendwas Privilegiertes aus der Kolchose – was hatte Sylvia von mir erzählt! – rotes Wolltuch um Kopf und Schulter, Rock und Stiefel schwarz, mit Pelz besetzt, hochgeschlossene Bluse aus grauer Seide, ein Knöpfchen war grün. Die Gestalt sah verführerisch, fast kostbar aus, ihr Gesicht dagegen flach, es erschien mir roh, ernüchternd in der Sekunde, bevor sie sprach, sie sprach mit italienischem Akzent, unbetont, Belcanto, warm und hell. Ich entschuldigte mich für die Dunkelheit im Flur, eine Birne im Leuchter war durchgebrannt – tatsächlich durchgebrannt? Ihre Stimme lachte, das ungefähre Licht schien für sie inszeniert. Die nicht immer diskrete Sylvia, erfahrene Souffleuse, hatte die Freundin auf mich vorbereitet, sie gleichsam in etwas Wahrscheinliches eingewiesen, ihr etwas so gut wie Sicheres glaubhaft gemacht. Gabriella bewegte sich in der Routine, stiefelte hübsch und blind an den Fenstern vorbei, faßte das Telefon an, bat um Feuer, und blieb vor geöffneten Türen zögernd stehen. Ich sah sie jetzt in gewöhnlichem Licht, auf den zweiten Blick eine üppige dunkle Diana, an der fast alles übertrieben war, die Gesichtshaut zu rosig – vielleicht von der Winterkälte – Finger und Handgelenke schwer von Schmuck, lange Fingernägel purpurschwarz, die Lippen orange. Ich sah das alles unwillkürlich vor mir, plötzlich befangen in dem Verdacht, ihr eine Musterung zuzumuten – die doch Abschätzung aller Art gewohnt war, sie hinnahm als CONDITION und damit spielte, wenn sie eine gute Nutte war. Was sie von mir erfaßte, kann ich nicht wissen, doch zweifellos mehr, als ihr Blick, ihre Kopfhaltung preisgab, illusionsloses Abschätzverfahren, genau und schnell. Sie drehte sich langsam zu mir um, machte zwei Schritte und blieb stehen, stand mit brennender Zigarette vor mir, ohne Preisgabe oder Angebot, und ich empfand verfrüht, und etwas benommen, eine kleine Anwandlung von Komplizenschaft, die in diesem Moment nicht gegeben sein konnte, Spiegelung einer Chance in ihren Blicken, ein heimliches Auge in Auge wer weiß wohin.

Gabriella war aufgestanden, als ich schlief, stand neben dem Bett und kämmte ihr Haar, sie hielt einen Taschenspiegel vor das Gesicht. Einmal las ich den Satz: sie strählte ihr Haar – vielleicht eine Scylla zwischen schlafenden Hunden. Ich sah sie ohne Stiefel und ohne Schmuck, im Zwielicht war nicht zu sehen, ob die Haut geschminkt war. Sie schien in Eile, wollte keinen Kaffee. Ihr Gesicht blieb im Spiegel, als sie sagte: frag gegen Abend im *Madrid* nach Paul, ich rufe ihn an, er weiß Bescheid, wenn du kommst. Jetzt bestell ein Taxi, sei so lieb.

Ich bestellte kein Taxi, ich fuhr sie im Wagen, sie wollte ins *Keaton*. Die Frau neben mir saß still und rauchte, verloren in Gleichmut oder Müdigkeit. Ich sah jetzt, daß sie eine Nutte war, vielleicht unterwegs in ein anderes Bett, in Vergnügungen, die sie fürchtete oder wünschte, vielleicht auf dem Weg in eine eigene Wohnung (und das *Keaton* war eine falsche Adresse für mich), fertig mit mir, was die Nacht betraf, sie hatte meinem Vorschlag zugestimmt. Die Kippe im Aschenbecher rauchte noch, als ich der Küste entlang nach Hause fuhr. Ich chauffierte sie zum Hintereingang des *Keaton*. Sie ließ einen flüchtigen Kuß auf meinem Gesicht, stieg aus und verschwand.

Gegen Abend war ich im *Madrid*. Ein gewöhnlicher Spiegelschlauch zwischen Sofakneipen, Wartesaal für Nutten und Dauertrinker. Der Zuhälter, Paul, tauchte lautlos neben mir auf, er hatte von weiter weg den Kunden taxiert. Wir saßen uns in Sesselchen gegenüber, ich sah im Spiegel seinen behaarten Hals.

Ein Zuhälter ist für mich der erbärmlichste Gauner, doch habe ich kein bestimmtes Bild von ihm. Ostend-Ganove in Lederjackett oder Blazer, Typ des Herrenausstatters mit weißen Schläfen, Muskelpaket mit Charme, Klamottenmephisto – die Zuhälter, die ich kenne, sind nette Schurken, und man hat miteinander nichts zu tun. Der Mensch hier war seriös, er schien es zu glauben, Fingerringe, Weste, Embonpoint, eine dickliche Herrenkopie mit Serviettenmanieren, à la BITTE NACH IHNEN, ALTER FREUND. Die Unterhaltung dauerte keine Stunde, er lud mich zu Calvados und Espresso ein. Saba hatte ihn informiert.

Wer war Saba.

Die Frau, die Sie kennen. Der Zuhälter war erstaunt.

Ich kannte eine, die Gabriella hieß, sich selber so nannte.

Gabriella, Saba, man sprach von derselben Frau. Darf man fragen, was haben Sie vor.

Konnte es diese Frage geben, Frage des Paul, er sah mich gemütlich an.

Was hatte ich vor. Ich hatte nichts mit ihr vor. Ich steckte sie nicht in Matrosenkleidchen und schloß sie nicht an eine Maschine an.

Verstehen Sie mich nicht falsch, er sagte Chef. Sie wollen die Frau für drei Monate, richtig?

Er hatte recht.

Warum nicht die Frau von Zeit zu Zeit, oder andere Frauen. Andere Frauen schickt man wieder weg. Die Sache läuft einfacher so, aber wie Sie wollen.

Er sah mich, so gut er konnte, freundlich an.

Aber Nebensache, wir reden von Ihnen – was stellen Sie sich finanziell in der Sache vor. Verstehen Sie mich nicht falsch, die Frage gehört zum Geschäft.

Ich verstand ihn nicht falsch, meine Lage war ausgezeichnet, er schien es zu wissen, Sylvias Kumpan.

In der Situation war ein Barscheck am besten. Sobald er ihn einlöste, kam Gabriella zu mir.

Hatte ich das deutlich ausgedrückt?

Ich sehe, Sie gefällt Ihnen.

So eine Bemerkung fehlte mir, sie fehlt mir noch.

Nettes, langes Lächeln des Tangocharakters.

Einverstanden. Das macht in der Woche dreihundert, zahlbar an ihn. Geben Sie ihr, soviel Sie wollen, aber nicht weniger als vierzig am Tag. Er sprach von Dollars.

Ich schrieb einen Scheck aus, er steckte ihn ein.

Na undsoweiter, sagte Paul, ich meine – haben Sie besondere Vorstellungen, bestimmte Praktiken oder Wünsche – jederzeit an mich per Telefon. Verstehen Sie mich nicht falsch, das alles kommt vor, man informiert sich. Er sagte: keine Sorge, machen Sie, was Sie wollen.

Noch unklar ist – so drückte er sich aus – ob Sie Gabriella vollzeitlich brauchen oder auch mal freistellen können, am Wochenende, sowas ergibt sich.

Es ergab sich nicht in diesem Fall.

Drei Monate, alles klar, danach sieht man weiter. Sie kommt in den nächsten Tagen, ruft vorher an. Man hat sich kennengelernt, man erkennt sich wieder. Soweit so klar.

Ein erfolgreicher Marder kann reizend sein. Weitere Interessen sind nicht vorhanden, man raucht und trinkt, bezahlt an der Bar und geht.

Ich habe sie gegen Abend zu mir gebracht. Sie kam mit einem Wildlederkoffer, einer Tasche und einem Beutel aus Wolle. Es ist ihr Eigentum, sie trug es selbst, wenig Gepäck für den Einzug einer Frau. Ich dachte an den Ballast von Koffern und Schachteln, Bügeln und Zentnergewichten aller Art, der auf Reisen mit Lidia üblich war. Die Praxis einer Nutte ist unübertrefflich, sie belästigt den Liebhaber nicht mit Necessaire.

Was passiert im Augenblick, wenn der Koffer leer ist; die Toilettensachen sind ausgeräumt, die Bücher, die Kleider, der Schmuck und die Schuhe verteilt. Sie hat keine Bücher mitgebracht. Ich versuchte mir vorzustellen, was passiert.

Sie weiß oder ahnt, in welcher Wohnung sie ist, kennt aber nicht den Zusammenhang, die Ordnung der Gegenstände und ihre Bedeutung, Würfelbecher, Hüte, Kirschgeistflaschen. Ihr kommt das fremd, kurios oder sinnlos vor, sie hat allerdings Erfahrung und staunt nicht oft. Es ist der erste gemeinsame Augenblick. Ein Teufelchen hüpft durch den Raum, entblößt den Hintern und löst sich in schlecht gemeintes Lachen auf.

Also trinkt man was und geht ins Kino; ruft ein paar Freunde an und macht eine Party; geht ins Bett, zunächst mal ins Bett.

Winterdämmerung stand hinter den Fenstern, wesenloses Licht, das im Zimmer warm war, sich in den Farben der Stoffe belebte, mein alter Poncho glänzte wie Sonnenblumen. Es war der Moment zwischen Tag und Nacht, wo überlegt wird, wieviel Licht man braucht, eine Kerze genügt für den schnellen Moment. Gabriella kam aus dem Nebenzimmer, mit ausgestreckter Hand – schau, was ich habe! – offenbare Erwartung ihrer Augen, sie hielt mir ein kleines Papier vors Gesicht. Ich nahm es in die Hand, ein brüchiges Bildchen, Fotografie eines Mädchens auf einer Treppe, es hielt eine Puppe an den Bauch gedrückt. Es war das gewöhnliche Bild eines Kindes, freundlich, anonym und überall möglich, vielleicht war eine Schleife in ihren Haaren, vielleicht ging die Treppe in einen Garten hinaus. Gabriella fragte: erkennst du mich?

Ich erkannte sie nicht, ich wußte, daß sie es war.

Sie griff nach dem Bild, ich hielt es fest, ich hielt ihre Schulter fest und versuchte zu küssen, geriet in ihre Haare und küßte die Haare, verschob ihre Bluse, roch die Haut und bat, mir zu sagen, wie sie heißt – Gabriella? – Saba? – wie hieß das Kind auf dem Bild.

Gabriella sagte: nenn mich, wie du willst.

Sie hob meinen Arm von der Schulter und ging weg.

Gabriella hat einen Hahn gehört. Sie wurde geweckt vom Krähen eines Hahns und behauptet, es sei ein echter Hahn.

Ich wohne hier seit einigen Jahren und habe nie einen Hahn gehört. Ich habe Tauben, Möwen und Amseln gehört, doch nie einen Hahn (in der Stunde des Hahnschreis bin ich selten hier). Einmal stand ein Reiher auf dem Dach, warf sich dem Abend entgegen in die Luft.

Wir schauten morgens in die Höfe hinunter, auf Garagen, Müllcontainer und tote Mauern, und entdeckten keine Chance für einen Hahn. Es gibt keinen Baum, keine Erde, kein Unkraut, die Ritzen im Bodenbeton sind zementiert.

Er muß aber da sein, rief Gabriella, ich habe ihn auf dem Hof gehört! Ich schlug ihr vor, sich verhört zu haben. Sie fand mich unmöglich.

Am frühen Morgen weckte sie mich. Wir öffneten das Fenster und hörten den Hahn.

Mit welchen Bildern lebt sie, die nicht von sich spricht. Was sind das für Bilder, die sie nie erzählt. Ich fragte sie nach ihren Träumen, sie gab keine Auskunft. Ja, sie träumt und träumt nicht, es macht ihr nichts aus. Kann es sein, daß sie Bilder nicht braucht, weder Wunschbilder noch Erinnerung. Das ist nicht denkbar. Sie hat ein altes Bildchen von sich selbst, andere Bilder besitzt sie nicht. Ist in ihr nicht ein Chaos unsichtbarer Sachen – männliche Hände, Geschlechtsteile und Grimassen, Bilder des Mißbrauchs und der Erniedrigung. Weiß sie überhaupt, was Bilder sind. Was sieht sie, wenn sie die Augen schließt – gottgleiche Körper, Schnauzen, Dollarscheine? Was hört sie, sie muß doch irgendwas hören – Witze, Schmeicheleien, Reißverschlüsse? Sie hat in sich einen Schlund voll extremer Geräusche – Schreie, Flüche, Gekicher – und hört davon nichts? Was sieht sie im Tagtraum oder mit offenen Augen.

Es wird schwerer, nichts von ihr zu wissen. Sie sieht und beachtet eine Kostbarkeit, das einzig Kostbare, das sie kennt und will, und alles Hübsche, das dazugehört, Ketten, Sandalen, Damenwäsche. In Traum und Tagtraum sieht sie sich selbst.

Wir haben ein Spiel, so fängt es an:

Gabriella ist mit sich selbst beschäftigt, zieht sich an oder zieht sich um, vielleicht liegt meine Hand an ihrer Hüfte. Ich schaue sie an, und sie fragt: Gefalle ich dir?

Schnelles Antworten wäre kein Spielen. Es ist mein Vergnügen, die Linie der Schulter zu zeichnen, mit tastenden Fingerkuppen, wir warten ab.

Gefalle ich dir noch?

Und ich: Besser als in der ersten Nacht, heute besser als gestern, morgen besser als heute.

Und sie: Wie habe ich dir gestern gefallen?

Besser als vorgestern, immer besser.

Und heute?

O gut, du gefällst mir und du weißt es. Du bist zufrieden, daß du mir gefällst, das macht dich eitel, du bist unausstehlich.

Und sie: Das hat mir noch keiner gesagt.

Ich antworte nicht.

Und sie, nach einer Weile: Was gefällt dir am besten?

Sie sieht, daß ich überlege, und freut sich darüber. Es gehört zum Spiel, daß ich überlege und daß sie es wahrnimmt.

Dann fragt sie: Die Augen?

Die Augen! Bestimmt die Augen, vor allem die Augen, obwohl man nicht sagen kann, daß sie einzig sind. Sie sind – ich denke wieder nach.

Ihre Augen sind schwarz und unverschämt, manchmal neugierig, häufig kalt. Bevor sie einschläft, sind ihre Augen leer.

Du bist frech. Und die Schenkel? Ich weiß, daß sie schön sind.

Ihre Schenkel sind herrlich, schön sind auch die Knie, vielleicht eine Spur zu rund? ein Pfündchen zu üppig? Schade, daß du keine Sommersprossen hast.

Macht nichts. Und die Hände?

Ich habe die Reihenfolge der Fragen erfunden und weiß, daß nach den Brüsten zuletzt gefragt wird. Gabriella hat das noch nicht entdeckt. Sie hält alles einzelne für einen Höhepunkt.

Ich bewege die Ringe ihrer linken Hand und frage: gefallen dir Handküsse? Mich überzeugt der italienische Handkuß. Er stammt aus der Oper, trägt Schnauzbart und riecht nach Knoblauch mit Veilchen. Kennst du ihn?

Gabriella überläßt mir ihre Hand – ihre Hand: ein Händchen. Das Ergebnis ist ein Handkuß in Zeitlupenschönheit, ein feuchter Fleck auf dem Handrücken, Rücken des Händchens.

Meine Hände gefallen dir.

Sehr gefallen mir ihre Hände. Was sie machen, gefällt mir, und wie sie es machen. Sabas Fingerspiele in der Nacht, aber ich mag nicht den kleinen der linken Hand, den Nagel zum Kratzen, zu lang, zu spitz.

Mir gefällt er. Was gefällt dir noch.

Gefällt dir sonst nichts!

Der Spielraum läßt eine kleine Verstimmung erscheinen.

Gabriella ist schlecht gelaunt, ich bin es auch, denn wie könnte es sein, daß mir nichts sonst gefällt. Sie ist eine glückliche Schauspielerin, unser Zögern und Zweifeln entzückt sie sehr.

Und die Hüften?

O ihre Hüften! Denk an meine Hände, erinnere dich, was ich dir sagte – wann?

In der Nacht vor sechs Tagen.

Nacht vor sechs Tagen, was sagte ich ihr –

Das weißt du nicht mehr! Unmöglich. Du hast es vergessen.

Es ist unmöglich.

Man kann jetzt anfassen, einschlafen oder umarmen, und man kann sehen, daß der Abend dunkel wird. Der Abend in Babylon-City ist hell von Schnee, man sorgt für Zigaretten, Tee und Wein – ein Rotweinglas in ihren weißen Fingern – man freut sich, streicht ein paar Haare aus ihrem Gesicht, ein Gürtel wird geöffnet, ein Knopf ist verschwunden, man sucht den Knopf und findet einen Korken – ein Zustand, den Gabriella *plaudern* nennt.

Und die Haare?

O die Haare. Ihre Haare sind ihr ganzer Stolz, Schwarzhaar, dicht und lang, ein Sturz von Haaren. Dieser gescheitelte Pony, kann man sagen, ist in Tinte gewaschenes Matratzenhaar.

Schmutztyp.

Ein Wort, das zum erstenmal auftaucht – aus der Routine? Aus Spiel- und Plauderzeiten anderer Leute? Aus ihrer Kindheit?

Gabriella, plaudernd mit einem Schmutztyp (notiert für den Fall, daß ich nichts mehr weiß).

Und die Arme, du sagst nichts über die Arme.

Ihre hübschen Arme, elastisch und üppig.

Was sind sie noch?

Sie sind vollkommen. Vielleicht am vollkommensten um den Hals geschlungen, am schönsten beim Tanz?

Das hört sie gern, Gabriella Saba – es ist unser

Spiel. Und es spielt keine Rolle, daß wir es auswendig kennen, von anderen Stimmen und Körpern, aus anderer Zeit.

Und die Füße?

Ich sage, daß es Füßchen sind, entzückende, feine.

Und der Mund?

Ich küsse den Mund.

Die Wimpern?

Die Lider?

Die Schläfen?

Pulsierende Schläfen, zarte, ein Haaransatz zum Verlieben.

Das Fellchen?

Oho, das Fellchen und was hineingehört. Ein üppiges Fellchen.

Gehört was hinein?

Gabriella wundert sich. Was gehört denn hinein.

Man kann behaupten, daß etwas hineingehört. Und man kann das Spiel unterbrechen, weil man weiß, daß hier kein roter Faden verloren geht. Gabriella versteht nicht, wovon ich spreche.

O unser Spiel.

Wir sind am Nachmittag in die Berge gefahren, vielleicht in die Berge, vielleicht an das Meer. Gin und Rauchtee in einer Bar, dort ist uns Sylvia in die Arme gelaufen, man umarmt und küßt sich, sie spricht aus dem Repertoire. Kinder, amüsiert ihr euch? Gabriella, Schatz, ist er nett zu dir? Und du, mein Liebling, hast du, was du willst? Sie stellt uns einen neuen Begleiter vor, er kommt aus dem Norden, die Taschen voll Heu, ein Riese aus Gottvertrauen, Tweed und Leder, der nicht zu begreifen scheint, was sie von ihm will. Sie ist in einer Pinte an ihn geraten – Sylvia berichtet, und der Riese lacht –, als er sein Heu auf den Tisch packt, um zu beweisen, daß er jeden Einsatz riskieren kann. Sie stopft ihm das Zeug in die Tasche – ein halbes Kilo? – beruhigt ein paar Ganoven an seiner Seite und schiebt ihn aus dem Lokal in das nächste Taxi, man muß das Goldkind vor sich selbst beschützen, bin ich indiskret, wenn ich das betone?

Sylvia ist in der Toilette verschwunden, ihr Begleiter telefoniert an der Bar. Gabriella hat wenig gesprochen, sie beugt sich zu mir, Lachlichter in den Augen.

Gefällt dir mein Hals?

Sie bewegt ihren Hals, die Ohrringe beben, Windgeistplättchen.

Du sagst nichts. Gefällt er dir nicht?

Wir können im Spiel nur gewinnen, gemeinsam und einzeln. Was könnte ich sagen.

Du verachtest mich. Und der Bauch?

Ein vollkommener Bauch, er ist glatt und prall, und das schöne Polster unter dem Nabel.

Schönes Polster, weiß ich nicht. Warum sagst du das. Und die Brüste?

Ihre Blicke sind auf meinem Mund.

Mehr kann man nicht sagen, denn Sylvia ist wieder da, Gabriella ist aufgestanden, schon unterwegs, Kuß und Adieu und ein Wink zur Bar, der Begleiter telefoniert mit ernstem Gesicht. Dann schwingt eine Tür, und wir sind im Dunkeln, im leichten Schnee, in der Kälte, Arm in Arm.

Sie schlingt mir die Arme um den Hals. Erzähl mir von deinen Frauen, wie war Juliane.

Gabriella und ihre Neugier, unersättliche Saba. Sie will alles wissen und glaubt das meiste. Meine Liebesgeschichten sind nicht zu bezweifeln. Daß ich eine Affaire für sie erfinde – nein! Daß ich ihr meine Freundinnen vorenthalte, mit keiner über eine andere sprach, Diskretionen, die sie nicht begreift, eine Geliebte, die ich zaubere – nein. Ihre Anteilnahme ist resolut. Sie reißt mir meine Geliebten weg, als sei ich ihrer nicht würdig, ein Don Molière.

Ich habe ihr von Katrini erzählt, Gabriella seufzte in meinem Arm, eine helle Winterromanze, in Neuschnee verpackt, Schneesturmnächte in einem kanadischen Holzhaus – breite Schiebefenster, Holzofenaugen, Proviant im Schnee, der den Eisschrank ersetzte. Haut mit Eis und Sherry eingerieben, lange Schlittenfahrten am kurzen Mittag, russische Belletristik mit Pferden und Schellen, Holzhacken für Katrini, undsofort.

Gabriella ist nicht zufrieden. Wie war Katrini.

Ich erzähle Katrinis Weizenhaar, die schwarzen Stiefel und die gefärbten Pelze, den Mietwagen und die Koffer und ihren Beruf – Schauspielerin, etwas Hübscheres fiel mir nicht ein – und ihre Finger in schöner Beschreibung, ein Muttermal unter der linken Brust, Kennenlernen in einer Theaterpause und Abschied in einer Flughafenbar.

Und dann, war sie traurig?

Katrini war traurig.

Und du?

Sehr traurig.

Das kann ich verstehn. Hast du sie wiedergesehen?

Es war nicht möglich.

Gabriella ist betrübt, betrübter als ich, daß ein Wiedersehen mit Katrini nicht möglich war.

Du warst sicher sehr nett zu ihr.

Ich war nett zu ihr, denn das steht mir am besten.

Gabriella träumt mit offenen Augen.

Aber was sind Katrini und ihre Geschichte im Vergleich zu Céline. Gabriella hat sich in sie verliebt.

Eifersucht. Du kennst sie seit zehn Jahren.

Seit zwölf oder dreizehn Jahren, oder länger.

Übrigens ist es möglich, daß sie hier auftaucht, unangemeldet, morgens um drei.

Was heißt das.

Céline klingelt Sturm, küßt alle, die da sind, bringt in kurzer Zeit die Wohnung um, läßt sich lieben und verschwindet.

Gabriellas große, leere Augen.

Und was machen wir?

Wir machen nichts, das heißt, wir räumen auf. Céline ist eine Vagantin, skrupellos, sie hat meine besten Freunde verführt.

Und dir gefällt sie.

Sie gefällt mir.

Sehr?

Sehr.

Erzähl weiter.

Ich erzähle weiter, was ich inzwischen weiß. Ich erzähle, zum fünften Mal, ihre Haut in der Sonne, das indianische Profil, den Schweizer Akzent, die zahllosen Silberringe und Kostüme, und natürlich den Wagen, einen weißen Sport. Zum sechsten, siebten, neunten Mal erzähle ich von Céline und ihrem Coupé.

Gabriella hilft mir, wenn ich den Faden verliere, das heißt, beim Improvisieren zu lässig bin.

Du bist ruiniert, du hast gesagt: ich bin ruiniert. Und dann?

Na schön, ich bin ruiniert, soviel du willst, besitze keinen Sou und trabe durch BC. Céline ruft an, ob ich Zeit für sie habe, vielleicht Montgolfière fliegen, wer weiß wohin.

Im Sportwagen.

Keine Frage. In der unvergleichlichen silbergrauen Sänfte mit dem runtergeklappten Verdeck. Wir treffen uns morgens um neun vorm Bahnhof Nord. Da ich am anderen Ende wohne – frag mich nicht, wo ich wohne, in einer Versenkung – und nicht Geld genug für die U-Bahn habe, laufe ich die Nacht lang durch Babylon-City, bin um sieben am Bahnhof Nord, drücke mich in verschiedenen Hallen herum – kein unerhörtes Erlebnis ohne Geld – produziere mich um neun vor dem Hauptportal – und Céline erwartet mich, elegant wie nie, in Shawl und Wettermantel, ein Kuß auf dem Mund.

Und dann?

Ich erzähle ein Breakfast im Hotel Ofir, eine Tour ins Freie mit gedehnten Pausen – Picknick am Wasser, Bootsfahrt, Schwänefüttern – und eröffne Céline, daß ich eine Kirchenmaus bin, ein Baladin ganz without extra else. Wunderbare Céline, die Familie ist reich, daß ich nichts besitze, sieht dort romantisch aus, und es gibt nur eine Antwort auf eine Frage: wieviel willst du haben. Was ein Spieler ist, weiß meine Freundin nicht und kann damit leben. Nach ein paar Tagen fahren wir wieder zurück, ich verlasse die silberne Sänfte am Bahnhof

Nord, Kuß und Adieu ohne Steinerweichen – geliebte Céline. Sie lacht und winkt, ich verschwinde im Bahnhof Nord, Geld und Scheck in der Tasche, wer weiß wohin.

Gabriella ist sehr zufrieden mit meiner Geliebten. O Céline, die Prachtvolle, Flüchtige, Freie, ich kann sie in Gabriellas Augen sehen.

Und dann?

Gute Geister meines glücklichen Daseins! Irgendetwas fällt mir ein, für Gabriella und Saba oder beide, eine frische Geliebte, ein nettes Mysterium, ein Wunder in Blau.

Gabriella war zwei Tage weg. Sie ist wieder da, scheint unverändert, doch fehlt ein Teil des Schmucks, den sie trug, als sie vor meinen Augen verschwand.

Das ist etwas rätselhaft, nur für mich?

Sie lockte mich in den Karneval und zögerte dann, fühlte sich unsicher in der Entfesselung, reagiert nicht auf Musik und Feuerwerke, blickte in Augen und Masken, als sei sie geblendet, nippte an meinem Cognac, rauchte viel, wir erholten uns in einer dunklen Bar. Sie wollte in den Rummel und wollte nicht. Es bedeutete etwas, daß ich bei ihr war, sie festhielt, beruhigte, zu beruhigen schien – das wunderte mich, denn ich kenne sie ohne Tränen, ohne Eingeständnis von Angst oder Schwäche. Es sah so aus, als erwarte sie eine Begegnung, einen Rückfall in etwas Dunkles, Zweifelhaftes. Sie schien Gewißheit in mir zu suchen. Was für eine Gewißheit.

Alles ungewiß, da sie nicht von sich spricht.

Unmöglich, mich als Gewißheit in Anspruch zu nehmen. Sie scheint nicht zu ahnen, wie verfehlt das ist, unzumutbar für mich, gefährlich für sie selbst. Meine Gewißheit für alles und nichts, Gewißheit für Feuer, Wasser, Erde und Luft, Leber des Protheus, Büchse der Pandora, Gelächter im Zwielicht, Nacht, lange Nacht der Schnappmesser und des Entsetzens. Meine Gewißheit nicht für mich, nicht für Gabriella. Gewißheit für die Katze im Sack – an ihrer Stelle erscheint ein Mensch, dem Spiele und Spielregeln gleichgültig sind.

Ich bin und bleibe ein Liebhaber, der sie bezahlt.

Sie wurde angefallen von einer Maske, fortgerissen von Tänzern? Musikanten? Schnelle Gewaltsamkeit, ein paar blinde Sekunden. Als ich begriff, daß etwas passiert war, zwischen Beinen und Scherben zu mir kam, war die Horde mit Trommeln und Schellen vorbei, bis auf zwei Gaukler, die nichts wußten. Ich habe Saba in der Nacht gesucht, in Bordellen und Bars, und mir schließlich gesagt: sie paßt auf sich selber auf, eine andere Frau wäre schlechter dran. Seit der letzten Nacht ist sie wieder da. Sie sieht nicht anders aus, als ich sie kenne, ich brachte ihr Birnen und Feigen, sie wollte Wein. Die Augen blickten mich offen an, und es sah so aus, als sei sie nie weggewesen, nicht abhanden gekommen auf diese Art. Sie schob ihre Hand unter meine Finger. Ich bin wieder bei dir, freust du dich?

Auf einmal war sie müde geworden, taumelndes Anvertrauen ihres Körpers, heiße Erschöpfung in meinem Arm. Es war schön, die fast Schlafende auszuziehn. Allerdings wollte ich wissen, wie sie riecht. Sie roch wie immer.

Wir sind am Nachmittag aus der City gefahren, über leere Chausseen der Peripherie. Baustellen, Wassertürme, verlorene Gärten. Straßenzüge ohne Merkmal, Siedlungen ohne Bäume, Stadtrandwälder, ausgelaugt vom Winter. Verrammelte Jagdhäuser, Ausflugslokale, Pissoirpaläste mit Lüftungskuppeln. Beginnende Dämmerung eines Februartags. Gabriella freute sich, und freute sich mit mir, das wäre vor einer Woche nicht möglich gewesen. Sie hätte sich eine REISE gefallen lassen und hätte mich begleitet, vielleicht mit Vergnügen, aber sie scheint sich verändert zu haben. Sie hat sich verändert.

Alles gefiel ihr oder fiel ihr auf, die Radfahrer, die Schulkinder und die Krähen, die Flöße in den Kanälen, der letzte Schnee. An einer Landestelle stiegen wir aus, die Fähre legte vom anderen Ufer ab. Schnelles Wasser zwischen flachen Ufern, Villen, Geräteschuppen und alte Bäume, leuchtend im Sommer, ich war hier im Sommer, Gabriella im Sommer. Sie stand auf der Winterfähre, Gesicht im Wind, alles für sie! Der Abend, die Schwäne, die Kohlenkähne, die Fährleute mit den Geldtaschen und Pullovern, die ausgewaschenen Weiden, die flatternden Haare – alles für sie. Wir waren ohne Anlaß an diesem Ufer, um so bezaubernder ein Hotel zu finden, das im Winter geöffnet hatte, allein für uns. Leere D-Züge, leere Fähren, leere Hotels, und ein Casino am Ende der Nacht, wenn der letzte Spieler die Garderobe verließ. Und ein leerer Speisesaal, allein für zwei Gäste, und ein Zimmer mit Winterfenstern zum nächtlichen Fluß.

Sie warf mir nachts die Arme um den Hals. Ich lade dich ein, ich hab es zuerst gesagt.

Nach dem Frühstück, spät am Morgen, hing eine Träne in ihrem Gesicht. Ich tupfte sie weg mit einem Kuß, das schien sie zu stören. Sie weinte nicht, nein, sie weinte nie! Ich ließ sie nicht weinen, solange sie wollte, dann lachte sie wieder, aus dem Bauch wie nie, und wir fuhren nach BC zurück.

Nicht weit von meiner Wohnung, es war gegen Morgen, fuhr Gabriella im Taxi vorbei. Sie erkannte mich nicht, lief schnell ins Haus. Ich ließ ihr Zeit, kam zehn Minuten später, sie stellte sich schlafend oder schlief.

Das hat sich auf ähnliche Weise wiederholt. Sie kommt aus dem Bett eines Mannes, der sie bezahlt, sie schläft mit ihm, weil der Zuhälter das verlangt. Sie amüsiert sich – wo und auf welche Weise. Aber ich glaube nicht an den Verdacht.

Es ist etwas DUMMES PRIVATES, wie Sylvia sagt, so unschuldig, daß ich erstaunt wäre, wenn ich es wüßte. Sabas Versteckspiel. Sie hat in der eigenen Wohnung einen Kater – welcher gütige Geist bestätigt den Kater – er wird von ihr oder einer Freundin gefüttert, Gabriella Saba betrügt mich mit einem Kater, das heißt: sie traut mir keinen Kater zu. Sie gefährdet nicht, was sie hat, eine Liaison.

Soll ich sie fragen?

Den Kunden gäbe sie zu, den Kater nicht. Den Kater nie.

Obwohl das Milieu wie Parfüm an ihr haftet, sichtbar in Körperbewegung und Make-up, scheint sie umgebungslos, mit nichts verbunden, ein Leben ohne Geschichte und Vorgeschichte, Dasein ohne Daten und Biografie. Ich weiß von ihr nichts. Sie spricht nicht von sich selbst, sie teilt mir nichts mit, ohne Absicht der Täuschung. Sie scheint zu glauben, daß sie kein Leben hat und ihr Dasein nichts enthält, was andere brauchen, wertlos für ihre Liebhaber und sie selbst. Hätten wir uns als Tiere kennengelernt. Gabriella ohne Bewußtheit in ihrer Geschichte, das eigene Wesen kein Besitz für sie, kein Anspruch, kein Rückhalt, kein Gegenstand der Erkenntnis. Ohne Rechtfertigung, frei von Gewissen, unpersönlich und scheinbar leer, ein Schauplatz für alle möglichen Leute, auf dem Profession ihre Rechte geltend macht.

Gabriella, Findling.

Wunderbar sind die kleinen, bewußtlosen Zeichen, die aus der Kindheit kommen, vielleicht aus der Kindheit, absichtslose Signale – vielleicht für mich? Übermut ihres Lachens, durchtriebene Augen, sie hält mir mit zwei Fingern die Nase zu – atmen! atmen! Sie scheint mich in Sabas Höhle zu führen, wenn sie LÖFFELCHEN-LIEGEN spielt. Sie legt sich in meinen Arm, mit dem Rücken zu mir, sie spielt mit mir atmen und schlafen, man kann dabei schnarchen. Sie ist eine sagenhafte Galionsfigur, die man vom Bug brach und im Schiff versteckte, tief im Bauch eines unbekannten Schiffs. Ab und zu fällt Licht auf sie, wenn man im Schiff nach Schätzen sucht. Seit ich sie kenne, übertreibe ich.

Sie holte mich nachts aus den Hinterzimmern des *Corso*, Gabriella Saba macht auf sich aufmerksam. Wir fuhren auf Umwegen in die Wohnung zurück, über die Viadukte zu den Fähren, auf dem Wasser schwankende, schwarze Schüsseln, Hausboote gegen Morgen ohne Licht. An einem Rohbau, von einer Laterne beleuchtet, hing ein Schild mit der Schrift CHÂLI. Was war châli? Ein abgebrochenes Holzbrett. Wir stiegen aus und nahmen es mit.

Gabriella sagte: ich hab es zuerst gesehn, châli gehört mir, doch du kannst es haben – was krieg ich dafür –, zehn Dollar oder drei Küsse!

Ich küßte sie siebenmal auf verschiedene Weise, und sie legte das Holzbrett zwischen uns.

Nun ist alles châli. Gabriella Saba châli, die Liebe châli. Wir sprechen und lachen châli, wir schlafen châli, wir essen, trinken und atmen châli. Sie hat den Stein der Weisen gefunden, ein Alles und Nichts.

Gabriella war ein paar Tage allein. Ich habe sie ein paar Tage allein gelassen. Sie ahnt oder weiß, daß es um Kreide geht, Geschäft und Spiel. Daß das nicht immer senkrechte Sachen sind, ist grundsätzlich ohne Bedeutung für sie.

Als ich zurückkam, war sie verschwunden. Der Autoschlüssel war nicht da.

Sie umarmte mich nachts, im Geruch von Schneeluft und Himbeer, und legte den Schlüssel auf mein Gesicht. Ich zog sie zu mir, aber sie wehrte ab.

Du fragst nicht, wo ich war.

Nein. Soll ich fragen.

Ich weiß nicht, ja. Du fragst mich nie.

Antwortest du?

Ja. Nein. Ich weiß nicht.

Was würdest du sagen, etwas Bestimmtes?

Ich würde was sagen.

Irgendwas will ich nicht wissen.

Warum nicht?

Deshalb frage ich nicht.

Kommt darauf an, wer fragt. Wenn du mich fragst!

Wo warst du.

Sie gab keine Antwort, küßte mich aber sehr.

Das gehört zum Spiel, und ich weiß, daß es wenig bedeutet. Gabriella fordert Eifersucht, und meine Eifersucht ist nicht da. Untreue stünde ihr besser als eine Treue, die der Geliebte nicht von ihr verlangt. Es ist das Nachtgeschenk der Erpresserin. Ein Lockruf, vielleicht eine Warnung, ein ferner Schrei, der zu mir in die Messingstadt fliegen soll.

Gabriella verändert sich, sie hat sich verändert. Das kann für sie persönlicher werden, wie Sylvia sagt. Sie hat die Veränderung prophezeit, in Kenntnis meiner Person vorausgesehn, und vermutlich ihre Freundin darin bestärkt, zwei erfahrene Circen unter sich. Ich hatte mit kleinen Strapazen gerechnet, doch weniger persönlich und nicht so schnell.

Sie kauft in den Markthallen ein, was wir täglich brauchen, ich soll sie begleiten. Ich begleite sie an langen Vormittagen – immer mal wieder allein in einer Bar – sie selbst scheint nicht zu wissen, wohin sie will. Sie besorgt Zitronen, Orangen, Gewürze und Wein, denn sie möchte für mich kochen, das heißt für uns, sie kauft vor allem Blumen, gewaltige Sträuße. Es genügt ihr nicht mehr, daß ich Blumen schenke, Rosen und Veilchen, meine bescheidenen Wunder, es kommt jetzt darauf an, gemeinsam zu kaufen, Lieblingsfarben, Astern, Königsblau. Das alles heißt täglich und immer alltäglicher WIR. Da wir Blumen besitzen, brauchen wir Vasen, in meiner Wohnung häufen sich die Behälter, Kannen wie Bauernweiber, rund und braun, Kokotten mit glatten Bäuchen und zierlichen Hälsen, Henkeltöpfe, Gabriella freut sich. Ich liebe Blumen aller Jahreszeiten und vertrocknete Sträuße im Zwielicht eines Casino, auf einem nicht mehr gebrauchten Tisch, ausgebleichte Blätter, verdorrte Dentellen, trocken Blut. Fallende Blätter, wenn eine Hand den Tisch streift, brüchige Totenstarre, verjährter Staub. Und ich liebe die Blumen von Babylon-City, Anemonen der Müllplätze, Kraut im Asphalt.

Auf einmal ist Kopfschmerz ein Bestandteil des Lebens, Migränen und Müdigkeiten, nicht faßbare

Übel. Und ich bin grob, sofern ich nicht reizend bin, das heißt die Welt verleugne, allein für sie. Dann tröste ich sie – ich tröste vor allem Saba – der gute Tröstende ist ein kalter Meister, und sie läßt sich den Trost gefallen, und nochmal gefallen, hingegeben, und leidend, und nie genug. Sie möchte mit mir schlafen, sofort oder gar nicht, und weigert sich unerwartet, vertröstet mich lange, ich muß das doch begreifen, sie leidet sehr. Danach liegt ihr Gesicht an meiner Schulter – Spiele und Varianten im Repertoire.

Und meine Nächte in der Messingstadt, Nächte und Morgengrauen nicht für sie.

Sie haßt meine Nächte.

Nie zu vergessen, wie sie ins Zimmer kam. Sie legte ein Bündel Dollars auf meinen Tisch. Ihr Körper verweigerte sich, daß ich fast erschrak, zum erstenmal ratlos. Kein kokettes Flämmchen in ihrem Blick. Ich sah noch die Dollars vor mir, da war sie schon weiter, schnell aus dem Zimmer, sehr schnell aus der Wohnung gerannt.

Diese Nachricht von ihr ist unanfechtbar. Absolute Entschiedenheit. Ihre Aufrichtigkeit direkt wie Steinschlag – unwiderruflich. Ich könnte sie nicht überreden, das Geld zu behalten. Unmöglich, sie überzeugen zu wollen, daß es ihr gehört, daß sie es braucht, daß es wertlos für mich oder unwichtig ist. Ich habe das Geld nicht gezählt, Zehndollarscheine, etwa die Hälfte dessen, was ich ihr gab.

Im ersten Moment war ich sicher: Gabriella verschwindet. Im zweiten wußte ich: Gabriella bleibt. Gabriella verschwindet nicht – o nein! – sie bleibt. Ihre Rücksichtslosigkeit läßt keine Chance, weder ihr, noch mir, sie bleibt ohne Geld.

Ich ahne, was uns bevorsteht, jedem einzeln. Ich glaube, daß sie zu Paul gelaufen ist. Sie hat sich Zugang verschafft, nicht angemeldet, ihn und sein Flittchen aus dem Bett geworfen, sein Flittchen und auch ihn nicht zu Wort kommen lassen – oder reden lassen, um zu betonen, daß jeder Widerspruch sinnlos ist, und ihm die Sache ins Gesicht geworfen: daß sie von mir kein Geld mehr nimmt, daß sie bei mir bleibt, ohne Dollars, so. Paul, der seinen Teil der Finanzen hat, seiner Stuten sicher ist, mit Gefühlen nicht rechnet, der sichere Paul wiederholt jetzt Sätze, die er für Zwischenfälle reserviert: bitte, wenn du dich ruinieren willst – mach dich nicht lächerlich, überleg dir das – aus der Sparbüchse älter werden, na schön, dein Bier – entspann dich, komm zu dir, wir treffen uns später im *Conti* – und Gabriella, die Nutte, läßt ihn stehen. Er erkundigt sich, was sie denkt, und ich weiß, sie denkt nicht. Meine Geliebte stellt sich nichts vor.

Und ich frage mich, wann ist es passiert. Wann

hat sie Geld zum erstenmal abgelehnt. In einer Umarmung, im Schlaf, oder ohne Grund – ein Entschluß, der nicht zu ändern war, als ich sie um Zigaretten bat?

Sie hat bis in den Morgen auf mich gewartet. Sie hat mich im *Metropol* in Ruhe gelassen.

Sie hat im Ausgang des *Metropol* gewartet, und daß sie gewartet hat, zeigt sie mir.

Sie drückt sich an mich, legt meine Arme um sich, versucht mich zu schütteln. Sie schüttelt mich und blickt mir in die Augen – so restlos, daß ich verzweifle. Kann man seinen Atem verschlucken? Im Taxi war sie still, sehr von mir entfernt. Später warf sie sich über mich, versuchte, mich zu begraben unter sich – wie ich versuchte, sie unter mir zu begraben.

Ich hörte Geräusche, als ich zurückkam, es war gegen Morgen. Sie lag auf dem Bauch, das Gesicht in den Händen, geschüttelt von Schluchzen – schwerer als Tränen, nie von ihr gehört, hartes, trockenes Schluchzen. Sie krümmte sich in Anfällen von Verhärtung, halb erstickt, dann lange geräuschlos, das war schlimmer als Geheul oder Schreie – etwas Kindliches oder Tierisches, es war Saba, die schluchzte, ich hatte mir nie vorgestellt, daß sie schluchzt.

Stockender, harter Schmerz, Untröstlichkeit, ein Kummer will weg und weiß nicht wohin.

Das muß für sie ein Schrecken sein.

Ich berührte ihre Schulter, da löste sich das Schluchzen, verschwand in Tränen – nasses, stilles, gleichmäßiges Weinen. Sie lag auf der Seite mit angezogenen Beinen, weinte sich aus, spürte vielleicht meine Hand, weinte beruhigter, langsamer, immer erlöster, zuletzt vielleicht grundlos, ein Rinnen, Verrinnen von etwas, kein Elend mehr – sie hätte nichts sagen können.

Wir haben das Geld nicht angefaßt. Es liegt auf dem Tisch, zwischen Spielkarten und Mikados, ein lederner Würfelbecher aus Lausanne, mit der eingravierten Nummer 6533, nicht geheurer Bestandteil einer Nature morte, Fremdkörper, der beunruhigt, Waffe, die fremd ist, und mich immer häufiger ratlos macht. Gabriella nimmt kein Geld mehr an. Sie gurrt und strahlt in barbarischer Unschuld.

In der Entschiedenheit ist sie blind und taub. Sie kennt und braucht nur das eigene Gefühl.

Unangreifbare Saba.

Was ist aus den Plaudereien geworden. Das Bett, eine Folter. Dann fällt mir ein, daß ich nie in ihrer Wohnung war.

Sie hat vielleicht keine.
Ihr Kater.

Der Augenblick, den ich voraussah und fürchtete, den ich verwünsche, er hat Gabriella Saba und mich ruiniert. Wunderbarer Augenblick, unmöglich. Sie hat mir gesagt, daß sie mich liebt.

(20. März)

II.

> Steig ab und geh zwischen den beiden Bergen dort weiter, bis du die Messingstadt erblickst; dann mach vor ihr halt und geh nicht hinein

Er wohnte seit einiger Zeit in der Nähe des Meeres, in einem alten Haus des französischen Viertels. Es gab hier Hotels und kleine Geschäfte, Blumen- und Uhrenläden und Bäckereien, dunkle Werkstattgewölbe mit offenen Türen, Schreiner, Installateure, Motorradhändler, und es gab den Krawall überfüllter Straßen, Stimmen, Uhren, Metallsägen und Musik. Dazwischen verborgen ein elegantes Bordell, in dem er geheizte Handtuchstangen entdeckte, und ein farbiges Schaufensterhaus, der Tabaksortimenter, mit Zigarilloschachteln der ganzen Welt. Seine Wohnung war leer und heruntergekommen, abgegriffene Türen, zerkratzte Böden, ein alter Vogelkäfig hing neben der Tür. Er schaffte weiße Gardinen an, einen Tisch, einen Billardtisch und ein breites Bett. Die hohen, hellen Wände blieben leer. Ein gelber Poncho hing neben dem Fenster, wo die Skyline am Wasser zu sehen war.

Spuren löschen, untertauchen, ein altes Spiel, und es veränderte sein Leben, daß er kein Telefon besaß. In Zimmern ohne Echo verlor sich die Zeit, und er wußte nicht, ob das gut oder falsch für ihn war. Die Geliebten, die ihn hier besuchten, ahnten nichts von dem Lärm, den die Liebe brachte, und nichts von der Stille, die hinter ihnen zurückblieb. Er war mit wenigen Koffern eingezogen. In ihnen hatte er alte Papiere entdeckt.

Er schien sie vergessen zu haben, warum nicht. Gabriella Saba, ein unterhaltsames Liedchen, ihm fehlte kein Instrument, er kannte den Text. Doch es wunderte ihn – es enttäuschte ihn –, daß so wenig von ihr und ihm selbst verzeichnet war. Heute, nach Jahren, fiel ihm wieder ein, daß er von Gabriella nichts besaß, keinen Ring, keine Locke, kein Loch im Strumpf, und er hatte nie ihre Handschrift gesehn.

Sie schien das Holzbrett mitgenommen zu haben. Es verschwand in derselben Nacht wie sie.

Nenn mich, wie du willst, wie du willst, wie du willst. Er hatte so etwas noch nicht erlebt.

Sie hatte sich von seinem Arm befreit und war mit dem Foto aus dem Zimmer gegangen. Die Ruhe ihrer Bewegungen teilte mit, daß sie für ihn vorhanden sei, daß sie ihn erwarte, wann er es wünsche, daß sie selbstverständlich für ihn bereit sei. Sie ließ die Türe zwischen den Zimmern offen. Er hatte nichts von dieser Nacht notiert.

Sie stellte sich frei, sie stellte ihm alles frei, den Körper, die Namen, den Tag und die Nacht und jeden Gebrauch, den er davon machte. Sie gab ihm die Illusion, über sie zu verfügen, wie vermutlich jedem, nach Wunsch und Bedarf. Sie war bereit, ihm zu geben, was er wollte, und erfuhr in der Preisgabe keinen Verlust. Sie bestätigte jeden Mann in seiner Stärke, und wenn er sich schwach präsentierte, in seiner Schwäche. Kalten Herzens gab sie, was für ihn gut war: Hoffnung, Hochmut, Selbstbetrug oder Leichtsinn, fabelhafte Gefühle, obszöne Bilder. Sie war jedem Kunden voraus, denn sie täuschte sich nicht, sie brauchte weder Lüge noch Zauberei. Er kam nicht weit, wenn er netter als üblich war, er war der Kunde. Sie erlebte im besten Fall ein flüchtiges Wunder, wenn ein Kunde um ihretwillen empfindlich war. Er konnte sie gebrauchen, doch nicht erreichen, und sie stellte fest, gelassen oder erstaunt, auf welche Art sich ein Fremder in ihr verlor. Nicht oft kam für sie eine gute Verwandlung zustande, ein Gefühl, das ungefähr gleichwertig war.

Das war ihm bekannt, doch nicht mehr geheuer, seit Gabriella zur Verfügung stand. Am Abend ging er zu ihr ins Zimmer, gestern noch irgendein Raum seiner Wohnung, Sommermäntel, Koffer, Billardstöcke, sie lag in Kleidern schlafend auf dem Bett. Ihn überraschte die eigene Zärtlichkeit, von der er nicht wußte, ob sie persönlich war, nur ihr oder anderen Frauen galt. Er hatte erlebt, daß

Frauen sich anvertrauten, ohne Vorsicht und ohne Scham, Liebende, die sich preisgaben ohne Rückhalt, und das hatte die immer gleichen Folgen für ihn: er wurde sich der eigenen Gefühle bewußt, er, der die Untiefen seiner Empfindungen kannte, manchmal erschüttert und oft erstaunt, wie beruhigend seine flüchtige Zärtlichkeit war. Sie war, wenn die Liebe fehlte, ein leichtes Geschenk. Sie gab zwei Körpern im Raum die Gewißheit, daß in diesem Moment kein Wortlaut fehlte, kein Zweifel verstörte, kein Mord geschah.

So sah er Gabriella in Kleidern vor sich. Langsam zog er die Schlafende aus, im vollkommenen Genuß einer Zärtlichkeit, die zwischen ihrem Körper und seiner Hand, ihrem Schlaf und seiner Wachheit zu spüren war. Durch die offene Tür fiel Licht, das Bett stand im Schatten.

Ihr Haar war schwärzer als die Dunkelheit, ihr Körper der hellste Stoff im Raum. Er fuhr mit den Fingerkuppen über die Haut, von den Schläfen zu den Füßen ein leichter Strich. Sie stellte sich schlafend oder schlief, und er spürte am Vibrieren der Haut, an zarten Verlagerungen der Schenkel und Arme, daß sie wahrnahm, was er mit ihr machte. Er entdeckte an Saba, was er von anderen kannte, die persönlichen feinen Merkmale schöner Figuren – die Linienbögen der Arme bis zu den Brüsten, und die Linien der Schenkel zwischen Geschlecht und

Knie. Sie lag geräuschlos atmend vor ihm, und er fragte sich, fast erschrocken, ob sie dieses Vergnügen, die sorglose Wohltat je am eigenen Körper erfahren hatte. Er konnte sich denken, daß das nicht der Fall war.

Die Haut war warm, seine Hände ermüdeten nicht.

Er dachte an eine andere Zeit.

Es war die Erinnerung an eine junge Frau – Amelia? Hanna? – er wußte den Namen nicht. An einem Herbsttag brachte er sie aufs Land. Sie ließen den Wagen in einem Steinbruch stehen, liefen den Fahrweg weiter auf ein Plateau, das von Unterholz und Ginster verwildert war. Gestorbene Nußbäume standen einzeln da. Das Mädchen, das Kind – sie erschien ihm sehr klein auf dem Land – schwärmte für alles, was es sah, ohne wissen zu wollen, was es war, die steinige Öde, die Disteln, gestürzte Mauern – das erschien ihr phantastisch. Sie hatte noch nie eine Elster gesehen. Der Fahrweg führte an Pflaumenbäumen vorbei, es war ein überlebendes kleines Gehölz, blau von Pflaumen, gelb von Wespen, sie hatte nie eine Pflaume am Baum gesehen. Er ging zu den Bäumen, aß Pflaumen vom Ast, spuckte Kerne ins Unkraut – und sie rief erschrocken vom Fahrweg: kann man denn das? Natürlich, komm her, nimm soviel du willst! Sie lief in das Gehölz, verschwand zwischen Blättern, und er sah hinter Blättern das feuchte Gesicht, sie aß Pflaumen und weinte.

Er schien Gabriella vergessen zu haben. Seine Hand lag warm auf ihrer Hüfte, Gänsehaut unter den Fingern, er flüsterte SABA?

Sie hob die Arme und zog ihn hinunter.

Irgendwann, hatte Sylvia behauptet, hast du dich in einen Wolf verwandelt.

Er hatte sich in einen Wolf verwandelt und war an eine Wölfin geraten.

Aber er wußte: der Satz war falsch. Wolf oder Wölfin existierten nicht.

Gabriella unterschied sich von allen Geliebten, sie war weder einfühlsam noch verständnisvoll. Das Wort Verständnis war kein Juwel für sie, und keine Eigenschaft, mit der sie sich schmückte. Ihr war der Hochmut des Verstehens fremd. So war auch das Gegenteil keine Schwäche von ihr. Sie hatte ihn weder verstanden noch mißverstanden, ihm weder Verständnis entzogen noch aufgedrängt. Sie hatte von ihm kein besonderes Verständnis erwartet und sich nie über Unverständnis bei ihm beklagt. Sie hatte ihn hingenommen, wie er war, und von ihm erwartet, angenommen zu werden, bejaht zu werden von dem, der ihr Liebhaber war, für eine Wintersaison oder eine Nacht. Er dachte an ihren Satz: es ist eben so, und an den

Gleichmut der Stimme, wenn sie sprach. Es war eben so, daß sie nachts verschwand, und wenn er Geld verspielte, dann war das so. Es war eben so und nicht anders, und war ganz leicht. Der Gedanke daran kam wieder als Schwindelgefühl. Jahre des Schwindelgefühls, Gabriella, Saba, seine Schwäche, sein Taumel. Unbegreiflicher Luxus eines Leidens, das zu kurieren ihm nicht möglich war. Er hielt an ihm fest, und es war das einzige Leiden, das er sich zumuten konnte für längere Zeit.

Gabriella Saba war nicht sentimental, und wenn sie gefühlvoll wurde, dann mit Eklat. Sie sagte: ich bin gefühlvoll, bis ich platze, dann lache ich lieber. Sie gefiel ihm besser, als gut für ihn war – und viel mehr als er ahnte –, weil sie niemals behauptete, einsam zu sein. Sie, die einzige, die nie davon sprach. Jede Geliebte hatte davon gesprochen, er wartete auf den Moment, er sah ihn voraus, gurrendes Übertragen falscher Gefühle – o die unendliche Einsamkeit seiner Geliebten. Was wußten die Schönen, was konnten und wollten sie wissen, vom Entsetzen dessen, der einsam war. Wie kokett gefielen sie sich in dieser Verschattung, wie schamlos wurde das Wort als Make-up mißbraucht. Gabriella Saba gebrauchte es nicht – sie kannte es aus Geständnissen ihrer Kunden – und er dachte daran, daß gerade sie – vermutlich gerade sie, die nie davon sprach – ein unangreifbares Recht auf das Wort besaß, einzige unter allen, die er kannte, und die einzige, der diese Sache gleichgültig war. Sofern er selbst in die Sache geriet, empfand er das Unbrauchbare darin. In ihm wie in jedem steckte dasselbe Gift, doch er sah keinen Grund, es zu kultivieren. Er machte nichts daraus und mißtraute Leuten, die Einsamkeit als Voraussetzung geltend machten, und noch mehr den Zahllosen, die sie als Wert etablierten. Er verabscheute nachempfindende Charaktere, Leute, die sich auf Tragik und Schicksal beriefen und deren Leid nur Langeweile war. Die Einsamen, die er kannte, vielleicht ein paar Spieler, intonierten, beklagten, behaupteten nichts. Sie verhielten sich stumm in ihrer verheerenden Würde, er achtete sie und dachte ihr Dasein mit. Was konnten Nichtvergiftete davon wissen, wie wenig romantisch die Sache war, wie unattraktiv und brutal, wie dreckig und kalt, sie, die imstande waren, sich selbst zu erkennen, sich auszudrücken, zu ordnen und zu entlasten, ihr Leid zu sublimieren und zu verkleiden, versiert in der Fähigkeit, sich selbst zu gestalten, getragen von Selbstbetrug oder Illusion. Einsamkeit dessen, der sich selbst nicht brauchte, Alleinsein der Greise und Asylanten, des verhafteten Fleisches, der Hirne in Todeszellen, der an Sprachlosigkeit Erstickten und der Verseuchten, des Bauern, der in der Nacht seine Tiere schlug, des Trinkers, der seine Tochter im Schlaf überfiel. Und vielleicht Gabriella, die nichts davon wußte, solange sie eine gewöhnliche Nutte war.

Er war dahintergekommen, lange her, daß er kein netter Zeitgenosse war. Daß er vielleicht nie nett gewesen war. Daß er Nettsein nicht zum Vergnügen brauchte und ohne Nettsein nichts verlor. Er hatte Nettigkeit für Begabung gehalten, vorteilhaft für ihn selbst und seine Umgebung, eine Bedingung, die er leicht erfüllte, wenn Geben und Nehmen gegenseitig war. Das Erinnern daran war ein Gelächter wert. Er war kein Verbrecher, kein Hochstapler und kein Dieb, er war bloß nicht besonders seriös. Was war seriös an seinen nächtlichen Touren, an seinem Spiel, an den Wunschbildern und Affairen, an seiner alten Liebe für schräge Musiken, Tingeltangel, Klezmer, Tschatschatscha. Er war auf dem einfachen Weg, ein Roué zu werden, als Versatzstück der Messingstadt vor die Hunde zu gehn – ein Komödiant, der keine Rolle spielte. Er verspürte nicht – schien nie verspürt zu haben – die vergebliche Sehnsucht nach einem besseren Leben. Sein Leben wäre, unter keiner Bedingung, besser für ihn oder seine Geliebten gewesen. Was er war und was er hatte, war gut für ihn und konnte in Zukunft schlechter sein. Die Gewißheit hatte ihn munter gemacht und von dem sonderbarsten

Dilemma befreit – einer falschen Verantwortung für sich selbst. Seine Schwächen machten ihm keinen Ärger, und seine Stärke – er sah keinen Unterschied –, die Leidenschaft für Les Jeux war vielleicht ein Grund, daß er sorglos wurde im Umgang mit sich selbst. Er hatte Sorgen, aber er machte sich keine. Sein Stolz konnte weder verdreckt noch vergoldet werden. Ihm fehlte nichts von dem, was andere brauchten, Vertrauen, Verständnis oder *Zweisamkeit*, die Klebstoffe eines zusammengesetzten Lebens, Gewißheiten, Hoffnungen, Anspruch auf Glauben und Glück. Er vermißte keine Wahrheiten dieser Sorte, erhob keinen Anspruch auf die Gefühle anderer und war nicht erreichbar für ein gewöhnliches Glück. Unangreifbarkeit, nicht beweisbarer Reichtum, in guten Momenten geisterhaft für ihn selbst. Das kitzelte manche Zephira, und jede glaubte, daß sie – gerade sie – ihn bewegen könne, und sie – nur sie – dazu in der Lage sei, den luftleeren Raum zu durchfliegen, der ihn umgab. Er liebte die Frauen und ihr Verlangen nach Glück, das so gnadenlos, ungerecht und erpresserisch war, und ersparte ihnen, so gut es ging, den frivolen Zauber der eigenen Desillusion. Wie konnten sie wissen, daß er als Spieler lebte, und anerkennen, daß er derselbe blieb, auch in Gefühlen und ihrer Fesselung. Ein Spieler wurde geliebt auf den ersten Blick, auf den zweiten des Spiels beschuldigt, danach gehaßt. Die Wiederholung der Regel betrübte ihn nicht, doch dann hatte er Gabriella Saba verloren, und das einzige, was er wollte, war châli.

Ort der Dämonen und Ort der Lemuren. Ort von Geistern, die die Seele fressen. Ort des Irrlichts, des Blendwerks, der Gaukelei. Heimstatt des Alles, des Nichts, und des Abermals Nichts. Ort der glückseligen Gottlosigkeit und Ort der Entrückung. Ort der Zurückweisung alles Guten und Schönen, Messingstadt, einziger Ort im Vorhandenen, der weder Wahrheit noch Seele besitzt.

Mit anderen Worten: die Messingstadt war das unsichtbare Labyrinth des Spielers, Metropole seiner Behausungen, Höhlen und Asyle, Gefängnisse und Fallen. Sie war das Himmelundhölle seiner Fluchten, seine Weltkarte, seine Passage und sein Adressbuch, ohne Plan verstreut in Babylon-City, nächtlich verborgen in ihrer Alltäglichkeit.

Die Art der Betrachtungsweise war lange her. Glück oder Unglück, Fluch oder Gnade, Sinn oder Unsinn – alles in Gelächter aufgelöst. Als er älter wurde in diesem Vergnügen, alt genug, sich selbst als Gespenst zu feiern, sah er dem eigenen Poker gelassen zu. Gabriella war die einzige andere, die diesem Jerusalem je nahe war. Wenn er an sie dachte, aus großer Entfernung, sah er ein vereinzeltes Lebewesen, atmend im Universum des eigenen

Körpers, festgehalten von Schönheit für eine Weile, ohne Selbstbild oder Maske, von der Gewißheit des Todes nicht erschüttert und von der Zerstörung der Erde nicht angegriffen, unangefochten durch Babylon-City plaudernd, Gabriella châli.

Er war dort zu Hause, bevor er den Namen kannte. Seine Zentrale war das *Watership*, zur Straße hin ein gewöhnlicher Billardsalon. Er hatte als Laufbursche angefangen, war in die Hinterzimmer des Hauses geraten und über Nacht an den Spieltischen hängengeblieben, Benjamin, Milchmaul, Jean-hau-ab. Hier roch er zum erstenmal, was ihn süchtig machte, Gemisch aus Alkohol, Staub und Parfüm, hier lernte er seine ersten Ganoven kennen – er bezweifelte, daß sie Vorbilder waren –, Fischel Manko mit seiner Matratze Francesca, Herrn Tews in der Entourage von Bubis & Boxern, Didi Schallóch, das Bologneser Hündchen, und die hübsche Elena, die ihn irritierte, weil sie nie versuchte, mit ihm ins Bett zu gehen.

Eines Morgens stand der Ägypter da.

Er lehnte im Notausgang und fixierte ihn, unbeweglich, ohne Lid und Wimper, ein Mensch ohne Lächeln.

Jean-hau-ab übersah ihn, so gut er konnte. Der Ägypter winkte ihn zu sich.

Paß mal auf, was du jetzt machst, du machst, daß du wegkommst – er sagte das, als heiße er *Water-*

ship – du läufst aus der Messingstadt, drehst dich nicht um und kommst nicht zurück.

Er hielt den Unbekannten für gagà.

Sie trafen sich wieder in fast jeder Nacht, der alte Hase und der junge Hahn, konkurrierten wortlos in der GEFÄRBTEN WOLLE und lernten sich kennen auf unausgesprochene Art. Der Unbekannte schüttelte den Kopf, resignierend beim Anblick des hüpfenden Hahns, er hob die Schultern oder Augenbrauen, immer noch auf der Stange, mein kleiner Held? Er zeigte ihm seine Verachtung, er gähnte hörbar und versäumte kein Spielchen, an dem er beteiligt war, fixierte ihn von der anderen Seite des Tisches, kontrollierte sein Spiel, seine Gesten und Reaktionen, ein unangreifbarer Trainer, und sagte nichts. Er kam und ging wie immer mit anderen Frauen, eine unbestimmte Gestalt ohne Alter und Namen – von Frauen am Anfang geliebt und gehaßt am Ende, oder anfangs verachtet und später für immer geliebt.

Einmal kam er um den Tisch zu ihm. Ein schnelles, scharfes Lächeln hob den Moustache.

Trinken wir was, eine Sorte, die wir nicht kennen – hast du mal *Frigollet* probiert? Dir ist nicht zu helfen.

Er verschwand nach fünf Wochen und kam nicht wieder. Er sah ihn nicht wieder.

Es gab nichts Öderes als die Welt der Gangster. Er war dort gelegentlich auf- und abgetreten, und die Erinnerung war nicht viel wert. Er besaß, oder hatte besessen, ein paar Waffen, vielleicht weil er glaubte, Waffen besitzen zu müssen – jeder Spieler schien eine Waffe zu haben, doch hatte er nie Gebrauch davon gemacht. Die Unterwelt war kein Raum seiner Phantasie, doch vielleicht eine Zuflucht, wenn es ihm schlechter ging. Ein Gangster stank nach sich selbst und nach seinem Milieu, nach Dummheit, Ignoranz und Angeberei, nach der plattesten Art von Kalkül oder Konspiration, und war in seinen Augen kein Trinkgeld wert. Er witterte diese Sorte in jeder Verkleidung. Er roch Polizisten, Spione und Provokateure, die großen und kleinen Betrüger und ihre Bräute, es gehörte zu seinem Handwerk, erkennen zu können, und er hatte die absolute Witterung. Der gewöhnliche Dunkeltyp entlarvte sich selbst, durch falsche Sicherheit in Bewegung und Blick, durch ein Zuwenig oder Zuviel an Aura, durch das fehlende Selbstverständliche seiner Person. Der Kopf des Getarnten drückte ein Denken aus, das sich offenbar vor sich selbst zu verbergen schien. Er roch dieses Denken, er konnte es schmecken und hören, er konnte es übersetzen in Nerv und Instinkt.

Die Größen der Unterwelt waren billige Sieger, die Sorte der Selbsterwählten stieß ihn ab, Triumphgewohnheit im Spiel und vielleicht in der Liebe, die geforderte Aufmerksamkeit, der brilliante Skandal. Die Großartigkeit der Erfolgreichen taugte nichts. Ihr Humor war stereotyp, ihr Charme notorisch, und die Geschäfte liefen immer glatt. Er respektierte den professionellen Ganoven, sofern er auf seiner Seite des Rechts hantierte, mit Gerissenheit, Takt und Erfolg seine Kreiden beschaffte, und er liebte die Schattenfiguren der Messingstadt, die ironischen Elegants, die unheilbaren Joker, die Einzelgänger in ihrer verletzbaren Würde, in ihrer Überlebtheit und ihrem Spleen. Ihm gefielen die fidelen Gauner, die unbekannten Halunken, verlorenen Gewinner in einer Halbwelt ohne Hierarchie.

In diesem Dunstkreis hatte er gelebt. In ihm schien Gabriella verschwunden zu sein. Er dachte an eine Zeit, bevor er sie kannte, zehn zahllose Illusionen von ihr entfernt. Er war in einer Nacht in BC unterwegs, in klatschendem, scheuerndem Regen, mit einem Schirm – aufgelesen am Exit des *Watership* – als er hinter sich Lärm oder Krach vernahm. Heftig rennende Schritte holten ihn ein. Ein langer, atemloser, nasser Neger zwängte sich, vorsichtig rempelnd, unter den Schirm. Bruderleben – paar Schritte – understand? Paar Schritte stellten sich als Strecke heraus, die rechts und links um viele Ecken ging, an Kraftwerk, Viadukt und Kanal vorbei, und weiter – sehr weit im weiter klatschenden Regen – eine menschenleere Straße hinunter zum Meer. Ein verschlossenes Erdgeschoß wurde wachgeklopft. Man fiel eine Stiege hinunter in schwaches Licht und fand sich wieder in Sesseln vis à vis. Das Bruderleben lachte mit echten Zähnen und wies ihn auf eine schwarze Zigarre hin. Mensch ärger mich nicht, na rauch eine, du mußt rauchen – trink was, du mußt was trinken nach den paar Schritten – Mensch ärger mich nicht, trink zwei Maul voll Bier. Er hatte Schneckenlippen und blauschwarze Backen, Marathonbeine, Fäuste, schnelle Augen, und es war der Anfang ihrer gemeinsamen Tour. Er hatte einen Ganoven nach Hause gebracht.

Sie zogen in eine Baracke aus Glas und Brettern, früher Eigentum eines Tischtennisclubs, und richteten sich mit wenigen Koffern ein. Menschärgermichnicht besaß eine Hängematte, die weniger angeschafft als gestohlen war. Er schlief auf gebockten Platten, des Wassers wegen, das während der Regenzeit aus dem Boden kam. Wovon sie existierten, war beiden unklar. Sie verschafften sich keine Klarheit, sondern Ware, mit einer Verfahrensweise nach eigenem Plan. Abends an Wochenenden, in Schale geworfen, fuhren sie zu den Villen reicher Leute, hinauf in die westlichen Hügel, hinunter zur Küste – sie hatten sich einen frisierten Dodge beschafft – und stellten fest, wo eine Party lief, am besten verschiedene Parties in einer Nacht. Sie traten unbekümmert in festliche Häuser, sofern die voller Lärm und Gäste waren, bedienten sich am Büfett und schüttelten Hände und stellten sich vor, sofern das nötig war, als Mitgebrachte der einen und andern Person, in der flüchtigen Sicherheit von Toupets und Bärten, am liebsten ganz unvermittelt in eigener Gestalt. Sie aßen und tranken viel, unterhielten sich im Zustand des Beobachtens und Sondierens tüchtig und schlichen gelockert ihren Plänen nach. Der eine verirrte sich in den Tiefen des Hauses – auf dem Weg zur Toilette kann sowas passieren – und nahm, was er fand, in geräumigen Kleidern mit. Der andere gab Hinterdekkung im Vordergrund. Man drängelte daraufhin gemächlich ins Freie, einer im Blickfeld des andern, formal getrennt, fand sich nach einer Weile im Wagen wieder und fuhr, wenn das gut ging, auf Umwegen in die Baracke oder weiter zu einer Party ähnlicher Art.

Sie lernten Frauen kennen auf diese Weise, reizende Füchsinnen, die man nie wieder sah. Sie lernten die Männer dazu und die Liebhaber kennen, doch ohne Gelegenheit, sie verprügeln zu können. Ihre Methode wurde schnell riskant. Der Tiefpunkt ihrer Gaunerei war da: Menschärgermichnicht bewarb sich um einen Job.

Die Memoiren des Kaisers von China waren erschienen. Geballte Plakataktionen in Babylon-City, es wurden Chinesen als Sandwichmänner gesucht. Nicht ein Chinese holte sich diesen Job, die Agentur vermutete Boykott. Und wenn nicht Chinesen – na schön, dann eben Asiaten, Koreaner, Malayen oder irgendwas – Schlitzaugen, krumme Beine, gelbe Haut. Man brachte mit Mühe ein paar Mongolen zusammen, verhungernde Laoten, im Dutzend billig, und zwei Eurasier, älteres Ehepaar, doch wo blieb das Angebot an passender Haut. Man dehnte die Suche auf andere Nationen aus, Perser, Armenier, Juden, ganz egal, sofern das nicht weißhäutig sondern exotisch war, Indios, Araber, Schwarze – warum nicht Schwarze. So kam Menschärgermichnicht zu seinem Job.

Er trabte, behängt mit Plakaten, durch Babylon-City, in Begleitung seines Kollegen oder allein, und hatte nach drei Tagen die Nase voll. Er ließ den Sandwich in einem Casino hängen, für immer geheilt von Job & Work.

Menschärgermichnicht verschwand, sie trafen sich wieder, er tauchte nach Mitternacht in der Messingstadt auf, stand zwischen den Spielern und sah ihm zu, und sie tranken gegen Morgen in einer Bar. Er war ein regelrechter Ganove geworden, galt als unschlagbar und schaffte allein. (Gabriella hatte ihn nicht gekannt. Er kannte Sylvia.)

Alle paar Nächte ging sie mit ihm auf Reisen.

Reisen war Gabriellas Wort dafür, daß man im Wagen durch Babylon-City fuhr, planlos, ziellos, immer in der Nacht. Sie kamen aus dem Kino und machten Reisen, verließen eine Party, um zu verreisen, sie hatten sich geliebt und wollten nun reisen, ihr Reisen war ein gemeinsames Ritual. Heute, Jahre später, wußte er wieder, daß es ein Spiel mit verschiedenen Anlässen war, zweierlei Lust und Jagd und Unruhesein, in gemeinsamer Leidenschaft für die Nacht. Gabriella wollte in ihr Milieu, auf die pikanteste Weise, die möglich war, in Begleitung, im Wagen, und ohne beruflichen Anlaß, Auftritt zwischen Besichtigung und Besuch. Sie wollte erscheinen like that und wieder verschwinden, sich wieder mal zeigen mit einem Ehrenmann, sie demonstrierte, daß es ihr besser als gut ging, und zeigte ihm, sich selbst und ihren Leuten, daß der Kontakt nicht abgerissen war.

Er liebte den Schlaf nicht nur in Nächten, ihn zog es in der Nacht auf die Trottoire und zu Gestalten, die er aus Zufall traf. Er sah sich mal wieder um in der alten Gewißheit, daß sein Flanieren ohne Bedeutung war. Sinnlosigkeit aller Art stimulierte ihn, sie schien nur dem Zufall eine Chance zu lassen, und schloß Vergeblichkeit oder Unstern aus. Kein wirklicher Hasardeur konnte Unstern glauben, das Wort zu behaupten schien nicht opportun, es auszusprechen unmöglich, ein Fauxpas. Er konnte Zufall denken und Zufall behaupten, Zufall verachten, bestreiten und provozieren, er konnte ihn zum persönlichen Gegner erklären und konnte ihm huldigen wie einem Gott. Er kannte Leute, die Leibwächter finanzierten, um vor Glück oder Zufall geschützt zu sein, unglückselige Käuze der Beletage, ferngehalten von Strichjungen oder Nutten, Spieltischen, Alkohol, Musik und Gift. Er kannte Leibwächterinnen aus Haß und aus Liebe. In den Höhlen der Messingstadt verschwand er allein.

Es gefiel ihm, mit Gabriella im Wagen zu sitzen, langsam an Trottoiren entlang zu reisen – ein Charme dieses Reisens war seine Langsamkeit, der Wagen schwamm durch Straßenschluchten zum Meer – im Flutlicht leergewordener Avenuen, und in den Bars nach bekannten Gesichtern zu sehen. Es gefiel ihm, den Wagen zu parken und sitzenzubleiben, im Dunkeln zu rauchen, zu reden und zuzuhören, Gabriellas Profil im Umkreis der Schläfe zu küssen und ihrer Nähe gewiß zu sein. Sie stiegen aus und gingen ein Stück im Regen, sie suchten ein Restaurant für ein spätes Souper. Sie fuhren weit hinaus in den Norden und Süden, durch weiße Schlaglichtketten der Autobahnen, durch Wellblechquartiere, vorbei an beschmierten Mauern, auf lichtlosen, sandigen Pisten hinunter zum Fluß, zu verfallenden Rampen und Gleisen, verlassenen Werften, und durch tote Stadtwälder zu entfernten Seen. Sie fuhren an geparkten Wagen vorüber, in deren Dunkel Zigaretten glühten, und fuhren zu den Parkings der Lastwagenfahrer, wo Gabriella ein paar Freundinnen traf.

Sie hatte Babylon-City nie verlassen, es sei denn in Begleitung verschiedener Herren, und schien sich auszukennen wie er in den Eingeweiden und Ausmaßen des Moloch. Sie führte ihn in ein altes Châlet, das zwischen Grandhotels an der Küste hing, hölzerne Schachtel, Wildwest mit Terrassen und Treppen, es war am letzten Abend der Karnevalszeit. Am Ofen des Schankraums saßen Ehepaare, sehr ernst in Erwartung eines Festprogramms, mit Nasen und Hüten aus Pappe vor ihrem Bier. Sie waren im Anblick ihrer selbst verstummt. Gabriella erstarrte, blieb auf der Schwelle stehen, er zog sie ins Freie und küßte sie wach. Sie schien hier auf Künstlerfesten geplaudert zu haben, und ihre Erinnerung war federleicht.

Sie zeigte ihm Häuser von Sportlern und Industriellen, Journalisten, Akademikern und Ganoven, den Club der Weinhändler am Augustapark und ein paar Pinten, still wie kaputte Uhren, wo Aal oder Goulaschsuppe billig war. Sie zeigte ihm einen Airport, den niemand mehr kannte, sie gingen auf Resten der Startbahn auf und ab, und einmal, gegen Morgen, in treibendem Nebel, eine Vorstadtsiedlung, in der sie geboren war. Er konnte sich ein Bild ihrer Kundschaft machen, doch wer war der sonderbare Vogel gewesen, von dem sie gleichsam einen Friedhof erbte (sie hatte ihm einen jüdischen Friedhof gezeigt und von unbekannten Toten erzählt).

Er zeigte ihr ein paar Felsenkanzeln der Küste, von wo man die Flutlichtwände der Buchten sah, und Abrißhäuser des libanesischen Viertels, das ihm gefiel wie alles, was hinfällig war. Sie dinierten in einem dänischen Speisehaus – graue Wassergläser, bestickte Servietten –, wo er ein Jahr lang Kellner gewesen war, und er zeigte ihr kleine Hotels, in denen er lebte, um in der Nähe des Spielcasinos zu sein. Er zeigte ihr ein paar billige Frühstückslokale, einen Lunapark im Norden, der Kindern gehörte, und eine Cantina mit dem Namen *da Rudi*, wo er bei Hahnenkämpfen Geld verlor. Während dieser Reisen, das wußte er später, hatte sich Gabriella in ihn verliebt. Er glaubte, daß es passiert war in jener Nacht, die sie in einem Hotel am Fluß verbrachten, vielleicht im Tauwetterwind auf den Promenaden, sie hörten ihre Schritte in Kies und Schlamm. Sie hatte sich unnötig schwer bei ihm eingehängt, und er zog sie unnötig langsam den Weg entlang, der an Trauerweiden, Booten und Gärten vorbeiging, durch Streifen von Licht, die über das Wasser fielen, aus Laternen und Fenstern hinter dem Fluß. So sah er ihr Gesicht, die weit offenen Augen, immer wieder in einem flüchtigen Schein, danach einen Schimmer in ihnen, den er nicht kannte, sie umarmte ihn lange, und er hielt sie fest.

Er dachte wieder an seine Autotouren, Fluchten aus Babylon-City, schnelles Fahren, leere Straßen bei Nacht, überfüllte am Morgen, weit an der Küste entlang nach Norden und Süden, und über die Berge in das Hinterland. In der Wohnung hielt ihn nichts zurück. Unterwegssein machte besinnungslos, die Zeit beschleunigte sich und verbrauchte sein Träumen, weniger schnell als beim Spiel, doch es hatte den Vorteil, daß er im Wagen alleine war.

Zum erstenmal flüchtete er, auf diese Weise, als Gabriella ihm die Dollars gab. Sie hatte den Einsatz abgelehnt, und er sah die verschwimmenden Blicke auf sein Gesicht. Er ahnte, was ihnen bevorstand, einzeln jedem, und da Gabriella aus der Wohnung lief, er konnte nicht wissen wohin, fuhr er selber weg, stieg gegen Abend an einer Tankstelle aus, rief die eigene Nummer an – sie war nicht dort. Er sah jetzt, daß er in einem Gebirge stand, von Babylon-City und Küste weit entfernt, im Rauhreiflicht eines frostigen Abends, weiße Kastanienhänge, starre Luft. Er fand ein geöffnetes Motel, versuchte zu schlafen, fuhr aber nachts noch in die Stadt zurück, rief Sylvia an, die von Gabriella nichts wußte (habt ihr euch in den Haaren? Du bist unmöglich. Sie ist doch ein Schatz, wenn du keine Dummheiten machst –). Da er nicht hoffen konnte, sie nachts zu finden, fuhr er ins *Watership* und spät nach Haus. Es wurde hell, als er in die Wohnung kam, es wurde in Babylon-City mal wieder hell. Sie schlief auf dem Boden, und er legte sich zu ihr, ohne zu wissen, wie es weiterging.

Er fuhr allein, er flüchtete immer allein, aus seiner Wohnung, die kein Halt mehr war, und aus der Benommenheit, die der Trennung folgte, aus den Höhlen der Messingstadt und aus dem Spiel. Er entdeckte wieder Gegenden, die er kannte, Slums an der Peripherie, geschlossene Strände, und Steilküsten im Getöse von Flut und Schaum. Er irrte eine Weile durch stinkenden Nebel und rauchte ein Zigarillo im reißenden Wind. Gabriella war in der Landschaft fremd. Mehrmals war er mit ihr an die Küste gefahren und konnte sich nur erinnern, daß sie fror. Er verließ die Autobahn und geriet auf Chausseen, die sonderbar anonyme Orte verbanden, Wellblechnester, Farmen und Supermärkte, im Winterregen triefende Gebiete, belebt von Traktoren und Krähenschwärmen, von Schnee oder Überschwemmungen ausgelöscht. Er sah die Obstbaumblüte im Regen und das Goldgrün der Weiden im nassen Wind. In überheizten Kneipen trank er Bier und sah dem Skatspiel alter Männer zu. Er war in Babylon-City zu Hause und flüchtete aus der Landschaft dorthin zurück. Er sah sich selbst aus großer Entfernung, ausgefressen von rasender Gleichgültigkeit. Er kam in eine Stadt ohne sichtbaren Anlaß, er war ohne Grund oder Absicht in einer Stadt, in irgendeiner, warum nicht in einer anderen, warum nicht in einer Vorstadt von Babylon-City, dreckiger Glacis der Messingstadt. Er parkte den Wagen in einer Tiefgarage, lief oder stand auf gewöhnlichen Plätzen und Straßen, saß – oder ließ sich sitzen – in einem Caféhaus, in diesem Café, in jenem, in einem anderen, stand dann wieder auf Plätzen und lief über Straßen, wo ihm nichts ganz vertraut und nichts ganz fremd war, stand dann vor einem Denkmal, bemerkte ein Denkmal, ein Denkmal konnte passend und unpassend sein, jedenfalls sah er ein Denkmal oder drei. Er sah Orangen in einer Fleischwarenhalle und Rinderhälften in einem Waschsalon. Der Tag hatte seinen Himmel und seine Geräusche, die Nacht ihre Flutlichtbereiche und ihre Bars. Er verschwand im ersten Kino, das er entdeckte, blickte in unverständliche Szenen hinüber – Attentate, Chauffeure, durchschossene Hüte – schien zu vergessen, daß es Schauspiele waren, und wartete kein Ende der Bilder ab. Er lernte irgendwen oder keinen kennen, verzog sich in eine Bar oder trank in vielen, trank, was er immer trank oder nie probierte, schon immer mal trinken wollte, blondes Bier, noch nie getrunken hatte, armenischen Schnaps. Er aß, was er immer aß oder nie versuchte, er hatte noch nie Makrelen in Weißwein bestellt. Er kaufte in Supermärkten und alten Läden – außer Wein und Tabak nur Sachen, die er nicht brauchte – Doppelstecker, Pinsel, Fotorahmen, und trug sie in bunten Tüten mit sich herum. Er verbrachte die Nächte in Suiten, die sinnlos teuer – und in kleinen Hotels, die billig wie Absteigen waren, Marmorbäder oder tropfende Hähne, Spiegelfluchten, Lüster, Ledertüren – oder wackelnde Treppengeländer und dreckige Laken. Er begegnete einer Frau oder anderen Frauen, sprach sie an oder wurde angesprochen, schlief mit ihnen oder nicht mit ihnen, Hora, Nana, zwei Zentner Sybilla, schlief zum erstenmal mit einer Chinesin, hatte nie mit einer Chinesin geschlafen, es sei denn vor einigen Jahren in Rotterdam. Er sah Gabriella in einer Passage verschwinden – konnte nur Gabriella gewesen sein – schwarzes Haar in schwarze Augen fallend, möglich, daß es Gabriella war, unmöglich, daß sie es war, es war Gabriella. Er erinnerte sich nachts an vergleichbare Städte, alle vergleichbar außer Babylon-City – und vielleicht noch Kitesh, er mußte sich vergewissern – Warschau, Venedig und vielleicht Kitesh, Spielsäle,

Pokergesichter, Gintonic-Pistolen, danach eine Hintertür verhängt mit Samt, ein früher Morgen, ein Platz, eine Kathedrale, in der er sich – in Orvieto? – erbrochen hatte, während ein Glöckchen mit dem Priester sprach. Nicht zu glauben, was er erbrochen hatte, Korken, Edelsteine, Affenpfoten, und es war eine Katze, die vor ihm erschrak, über Betbänke setzte und im Zwielicht verschwand, jene Katze, die er gefüttert hatte, weil Gabriella vor Mitleid umkam – Gabriella, Stella, Donatella –, und fuhr in der Nacht nach BC zurück.

Er flüchtete nach BC zurück – in der Wohnung schlief er nur noch selten – und war gegen Morgen im Casino gelandet, in Rauch und Zwielicht der Säle untergetaucht. Leere Tische, geschlossene Bar, die Musik war weg. In der Stille drehte sich ein Grammophon. Die Notausgänge standen zum Meer hin offen, drei letzte Billardspieler bewegten sich müde, dem grünen Schein einer Schirmlampe ausgesetzt. Er liebte den Taumel der Übernächtigung, Zittern der Nervenspitzen, vibrierende Augen, und haßte den letzten diffusen Moment vor Tag, weil er schnell vorbei war und das Casino schloß. Er stellte sich zu den Spielern, sie schwiegen und rauchten – schwiegen und rauchten wie in jeder Nacht –, als ein Schatten durch den Lichtstrahl huschte, rauchige Luft bewegte und verschwand. Das Spiel war unterbrochen, man sah sich um. Im Saal war ein Rascheln zu hören und hörte auf. Man richtete einen Scheinwerfer in den Raum, der Lichtstrahl tastete über Gebälk und Stuck und setzte sich fest auf einem Gegenstand, der aufrecht, groß und braun im Dunkel stand. Es war eine Eule. Sie stand – sie saß oder hockte – auf einem Podest, war im Profil zu erkennen, bewegte sich nicht. Wo kam sie her – das Gebäude war alt und bunt, überlebt wie ein Luxusdampfer der African-Line, voller Spiegel, Blendarkaden und Supraporten, Séparées oder Logen mit gepolsterten Türen, im Halblicht verstaubender Gipse von Aphroditen, und wer hier neu war, fand sich nicht zurecht. Er hatte häufig einen Portier bestochen, in muffigen Kissenwinkeln die Nacht verbracht, zu betrunken oder zu nüchtern, um schlafen zu wollen, im Geruch von Nikotin, Parfüm und Staub, mit teuer bezahlten Flaschen, und nicht allein. (Das war eine Weile her, der Bau war Legende, niedergerissen und durch nichts ersetzt.) Man stand unter Spielern in der Nacht des Raums, fixierte die Eule und sprach davon, daß sie durch einen Luftschacht gekommen sei. Sie schien in ein Rohr der Lüftung geraten, und da sie nicht umkehren konnte, weitergerutscht, in die immer heißere Luft hinunter, war danach in den Saal geflogen und war nun hier. Da es nicht möglich schien, sie ins Freie zu scheuchen, hielt man sich unentschlossen fern von ihr und redete halblaut – Spieler sind abergläubisch – von Leitern, Lassos, übergeworfenen Tüchern, von japanischem Superspray, das Geflügel vernichtet, zuletzt davon, die Eule verhungern zu lassen, die paar Mäuse im Bau ernährten sie nicht. Das Tier hatte ohne Geräusch seinen Platz verlassen, saß oder stand jetzt auf einem Leuchter, der durch den Anflug in Bewegung war, flatterte weiter auf eine Gardinenstange, saß dort vor schwarzem Glas, einer Katze ähnlich, das blinde Gesicht in den Raum gewandt. Einer verließ den Saal und kam zurück. Es knallte ein Schuß, die Eule sprang und stürzte, Holz oder Glas zersplitterte hinter ihr. Als er hinkam, fand er verdrehte Flügel, ein Federkissen auf dem Parkett.

Nächtelang hörten sie Lärm des Karneval, Trommeln und Schreie auf dem Boulevard. Sie lagen im Halbschlaf auf dem Boden des Zimmers, Gabriellas Kissenoase in schwärzlichem Zwielicht, sekundenlang geblendet von fliegendem Feuer, das hinter den Scheiben zusammenfiel. Einmal merkte er, daß sie unruhig war. Sie hob den Kopf, lag aufgestützt und rauchte. Während er schlafen wollte, zog sie sich an, er hörte die Bewegungen und die Schritte, schleifende Stoffe auf der nackten Haut. Sie war ihm jetzt so vertraut, erschien ihm so nah, daß er wußte, mit welchem Kleid sie beschäftigt war und was in den Pausen geschah, wenn er nichts vernahm. Nach einer Weile weckten ihn ihre Lippen, sie kniete im offenen Mantel neben ihm. Er versuchte, ihr Kleid zu öffnen, sie wehrte ab. Gegen seinen Willen stand er auf. Sie erwartete ihn in der Bar des *Watership*.

Aus der Nacht fiel Schnee in die Straßenschluchten, Feuerregen mit Konfetti vermischt, Farbengestöber, das in der Dunkelheit schmolz. Wetterleuchten entfernter Feuerwerke blendete über die Skyline und fiel ins Meer. Aus krepierenden Granaten schlug Licht auf die Türme. Flammenräder rotierten, steigend und fallend, im versprühenden Lichtkreis ihrer Funken, überschlugen sich mit obszönen Geräuschen, verzischten im Meer. Hoch in der Nacht fielen Lichtsträuße auseinander, senkten sich in Schleiern auf die Küste und lösten sich auf in Dampf und Schaum. Regenbogen stürzten still zusammen. Der Schnee war bunt.

Die City erstickte in Fettgestank, Kaffee- und Uringeruch, Aluminiumrauch, Gabriella zog den Shawl vors Gesicht, ihre Augen tränten. Sie hielt sich mit beiden Händen an ihm fest. Ihr Körper versteifte sich in Getöse und Feuer, sie schien sich der festlichen Hölle zu entziehen. Er hielt sie fest, die Lippen an ihrer Schläfe, erstaunt, wie leicht sie zu beruhigen war, und zog sie weiter, an rempelnden Gangs vorüber, Schunkelvölkern der Masken und Comicdämonen, durch galoppierende, pfeifende Feuerfiguren, heiße Partikel erloschen auf ihrer Haut. Die Straßenzüge qualmten, vermatscht und stinkend, voll zertrampelter Drachen und verkohlten Stoffs. Ein Ungeheuer zerplatzte zwischen den Beinen, kalte Flamme in Gabriellas Rock.

Er zog sie vom Boulevard zur Colombipassage. In den gläsernen Galerien war nichts los. Taubenschwärme, aufgescheucht von Schüssen, zerscherbtes Glas. Weggeworfene Fackeln verqualmten am Boden. Sägemehl trocknete Blut auf dem schimmernden Marmor, daneben zwei Büffelmasken mit einem Sack. Irgendein Toter wurde weggeschafft. Ein Bär schlief am Boden mit verrutschtem Fell. Zwei Nutten froren auf einer Treppe, in Verhandlung mit einem Totenkopf. Einzelne Flötenspieler marschierten vorüber, unter zurückgeschobenen Masken blasend, die Töne schrillten, verschrillten im Raum aus Glas. Der Lärm der Nacht war hier ein gedämpftes Schallen, in dem Musik und Gelächter unterging.

Schwärme der Narren, der Götzen und der Lemuren, der Wasserspeiervisagen und der Hetären, der Gaukler und Geister. Masken, ramponiert von Schlägereien, Stelzentänzer auf zerbrochenem Holz. Gabriella sträubte sich nicht mehr. Sie schien zu wissen, daß er das alles kannte und in dem Zauber nicht gefährdet war. Sie lehnte an seinem Arm, er empfand ihr Vertrauen, sofern es Vertrauen war, was sie empfand. Mit ihrem Vertrauen hatte er nicht gerechnet. Jetzt merkte er, wie einfach die Sache war.

Im Eingang der Galerie entstanden Tumulte. Teufelstänzer drängten in die Passage, Hunderte purpurner Teufel mit schwarzen Köpfen, flatternd von Lappen und Schellen, mit schleifenden Schwänzen. Schweineblasen schlugen am Boden auf, an langen Stöcken geschwenkte, pralle Säcke, Kettenexplosionen im Raum aus Glas. Sie kamen langsam näher, erschreckend langsam, in Sprung- und Trampeltänzen, die er nicht kannte, deren wutvolle Energie kein Spielen war. Er zog Gabriella an den Rand der Passage, drei Stufen hinauf in eine Nische, die für ein Standbild vorhanden schien. Andere einzelne verschwanden schnell, Flötenspieler und Gaukler in hastenden Haufen. Ein Clown riß die Maske vom Kopf und verschwand mit Sprüngen, in denen nichts von Charme oder Komik war. Man schien ein paar Schaufenster eingeschlagen zu haben, ein Rudel Maskierter drängelte durch die Scherben und verschwand zwischen Hosenmodellen einer Boutique. In Wirbeln von Staub und Gestank zog der Haufen vorbei. An seinem Ende taumelten Musikanten, Fiedeln, Dudelsäcke, Gezwitscher von Schellen. Ein weißer Sabotier sprang in die Nische, umklammerte beide, er hörte vielleicht ihren Namen, Gabriella Saba weggerissen, die warmen Finger glitten aus seiner Hand. Er sprang hinterher, hielt einen Ärmel fest, verlor ihn im Gedränge von Haut und Haaren, Schläge in den Bauch, Gelächter, Pfiffe, erkannte noch einmal Teile von Gabriella, danach ein Skunkgesicht oder eine Trompete, und sie war weg.

Mit welchen Bildern hatte sie gelebt.

Hatte sie ihn aus dem Gedächtnis geworfen, in Frieden ausgelöscht oder festgehalten, als Name, als Körper, als Bitterkeit oder als Traum?

Mit welchen Bildern lebte er seither.

Er dachte gern an die großen Vergnügungspaläste – Babylon-City war voll davon – überalterte Labyrinthe aus Staub und Luxus, trübe Tanzsäle, die hier *Mambos* hießen, Bowlings, Discos, weite Stehbierhallen, und die undurchschaubare Hierarchie der Bordelle. Es war die Musik in immer anderen Räumen, und es war die Beleuchtung der immer nächtlichen Flure, diamantene Dämmerung in Lüstern und Spiegeln, Gesichter verwandelt in unbestimmbare Larven, und es war die grelle Strahlung über den Tischen, in der ein Gesicht seine letzte Tarnung verlor. Und er dachte an die Gestalt des Bravissimo, alt in der Aura verdorrender Selbstironie, im gelb und faltig gewordenen weißen Smoking, steife Etappenschritte in spitzen

Schuhen, auf den Treppen des *Chandolin* hinab zur Bar. Dort war er morgens um fünf der letzte Gast. Er war der allerletzte aller Gäste, die hier vor fünfzig Jahren getrunken hatten, Großgespenst eines ruinierten Spielers, eine namenlose Legende der Messingstadt. Seinetwegen kam er ins *Chandolin*. Der förmliche Alte gab ihm nie die Hand, ein Zeichen seiner äußersten Höflichkeit. Er bestellte wie immer Wein, den kein Keeper kannte, und begnügte sich wie immer mit einem Gin. Seine Freunde waren die großen Toten – Teddy Meisel, Jidl Geselle und Fingerchen Änn, und alle Schmarotzer, die dazugehörten. Der faltige, weiße Uralte sprach nicht viel, doch war die Gestalt für ihn eine einfache Auskunft, zeitloser Lehrer, der keine Lehren erteilte, verblichene Anekdoten nochmal erzählte, Scherze ohne Sinn, verfehlte Pointen, und mit immer gleichem Satz die Bar verließ: erzählen Sie das keiner Dame, wenn Ihnen die Dame teuer ist.

Oft wiederholte sich dasselbe Bild: Es war der Speisesaal des Hotels Capponi. Ein fleckiger kleiner Kellner kam aus der Küche, balancierte eilend ein Tablett, irrte lange zwischen besetzten Tischen, auf der Suche nach einem Gast – vielleicht nach ihm. Er sah sich zwischen den Speisenden um, suchte, entdeckte, hatte sich getäuscht, suchte weiter, täuschte sich wieder, schüttelte den Kopf, entgeisterte Blicke, und eilte mit dem Tablett in die Küche zurück.

Mit geschlossenen Augen, in Halbschlaf und Tagtraum, sah er Landschaften ohne Zusammenhang – herbstliche Überschwemmungen an der Küste, dunkle Rinnsale auf dem Parkett des *Corso*, Plätze, von Brandung zerschlagen, ersaufende Krähen, Wasser, in Türmen steigend, aus Türmen tropfend, Regen und Vogelschwärme über dem Meer. Er verlor sich in Bildern von Gegenden, die er kannte, strahlende Felsmassive hoch im Licht, aufgelassene Steinbrüche voller Ginster, in einem Sommergelände ohne Welt – vielleicht an einem Tag vor vierzehn Jahren, als er sich mit Madlee in Perceto verirrte –, und er sah, im Wagen fahrend, ein Land voll Schnee, das schräg vor dem Wind an den Weltrand flog.

Er dachte an seine Frauen und seine Toten, flüchtig, ohne Wunsch nach genauen Bildern – Gabriella vor einem Maulwurfshaufen, Finger an den Lippen, entzückte Augen – der König im Dunkeln frißt dich auf! Er träumte Colombipassagen und Stürze im Taxi, Speisewagen, nie gemachte Flüge, Cumuli, Saragossa und ein paar Pinien, Alles und Nichts und irgendwessen Haar. Nach allem hielt er einfache Bilder fest, in einem ungeheuren Raum aus Stille: er winkte Katrini, er küßte Saba, sie trank ein Glas Tee (ein seidengrauer Faden Rauch stieg in die Höhe vor ihren Augen, verlor sich am Fensterglas, dahinter war Regen, in dem ein blühender Birnbaum stand).

Er war einmal mehr am Ende der Illusionen, ausgebrannt, aber heiterer ohne Glück, einen Traum balancierend, der gefährlich war: er verbarg in sich einen Namen und eine Gestalt. Es war das nicht angreifbare Bild einer Frau, mit der er jede andere Frau betrog. Sie war ein paar Jahre mit ihm zusammengewesen, im langen Verbrauchen einer Schrecksekunde, im nicht geheuren Spielraum gestohlener Chancen, und das war mehr als er für möglich hielt. Wie konnten seine reizenden Freundinnen wissen, daß ihre Bilder nur den Vorraum füllten, Drapierung eines verborgenen Raums ohne Grenzen, in dem kein anderer Körper wirklich war. Er hatte mit Frauen viel versucht, doch mehr mit ihr als mit anderen geteilt. Sein Gedächtnis schien mehr ihr als ihm selbst zu gehören, er hielt eine Frau von dreißig Jahren fest, und den Namen Madlee, durch das offene Fenster gerufen, als ein Taxi nachts mit laufendem Motor hielt, ein schwarzer Chauffeur Gepäck vor die Scheinwerfer stellte, Koffer und Regenschirm und viel formloses Packzeug, das alles enthielt, was gestohlene Zeiträume brauchten – Kleider, Pralinen und venezianische Printen, Honigkerzen, Bücher, Wetterstiefel, Brot und Wein aus einer himmlischen Landschaft, Parfüm und Puder für eine helle Gestalt. Sie kam zu ihm in die Messingstädte gefahren, sie trafen sich außerhalb an gemeinsamen Plätzen, in teuren Hotels auf dem Land oder Häusern der Freunde, und er kam zu ihr in die Wohnung nach Babylon-City, die klein und hell nach Norden lag. Sie waren getrennt durch lange Zwischenräume, gemeinsam verloren in einer privaten Legende, die gefährdet und flüchtig über der Dauer war. Es war nicht notwendig für ihn, sich mitzuteilen, Verstiegenheit von Gefühlen war nicht sein Fall, übertriebene Worte machten ihn ungeduldig, doch Herzzerreißen war ein Wort für ihn, von ihm für sie, die sein Geflüster war.

Wie alle Frauen mißtraute sie seiner *Arbeit*, und mehr noch der Tatsache, daß es nicht Arbeit war. Sie warf ihm vor, seine Seele zu mißbrauchen, und sie lachten gemeinsam ihren Vorwurf aus. Aber er kannte ihr Lachen, es war nicht lustig, und verschonte sie, so gut es ging, mit der unbestimmtesten seiner Abwesenheiten, er ließ ihr die Überzeugung, im Recht zu sein. Wenn sie lange schon fror, war er immer noch guter Dinge, er wollte verhindern, daß sie fror, ihre Sorglosigkeit, ihre springlebendige Freude, und ihre Freude war vielleicht sein Glück. Er brauchte kein Glück, erhoffte kein Glück von Frauen, er nahm, was ihm zufiel, und verschwand damit.

Er verschwand nicht, er blieb in der hellen Leibhaftigkeit. Was war so betörend daran, daß sie neben ihm ging, wie immer, wie jedesmal, wie in dieser Sekunde, dann ein paar Tanzschritte machte und weiterging, die Stirn an seiner Schulter, verschworene Blicke, auf einer Promenade in St. Maxim. Er hielt ihren Ellenbogen in seiner Hand, er atmete Eisenkraut in ihrem Shawl, man war vielleicht unterwegs, weil ein Shampoo fehlte – irgendein NICE & EASY für dunkles Haar. Was war so leicht, so erlösend in diesem Vergnügen, daß er sich sehnte nach dem, was er doch besaß. Der Tag im März war stürmisch und weiß von Blüten, und weniger zu bezweifeln als Wirklichkeit.

Wirklichkeiten und Wahrheiten haufenweise, wie viele davon offenbarte ihm ihre Umarmung, wie viele verbarg ein geflüstertes Wir und Du. Wahr schien ein Satz zu sein, den Sylvia sagte, im frivolen Mitgefühl für seine Schwäche: du bist mit keiner Frau allein, du hast mit Gefühlen zu tun, die keine preisgibt, mit anderen Körpern, die da sind wie du, und was sie sagt, das sagt sie, um nichts zu verlieren. Er zweifelte nicht daran, getäuscht zu werden, er wurde betrogen, wie er selbst betrog. In dieser Unheimlichkeit war der Zweifel fiebrig, das Vertrauen selten und die Hellsicht kalt. Er war mit Gabriella nie allein. Er hatte Madlee geliebt und liebte sie weiter, und liebte sie noch, wenn Gabriella ihn küßte, ihr Name bewirkte ein dauerndes Schwindelgefühl. Es war eine geisterhafte, unteilbare Nähe, der grundsätzliche Betrug, die wortlose Lüge, von der sich kein Füchslein im Bett eine Vorstellung machte, die gewissenlose Untreue ohne Schuld, ein nicht gewollter Verrat, verübt an allen, die glaubten, seiner Gegenwart sicher zu sein.

Als sie fort war, litt er wie ein Vieh. Er krepierte ein paar Monate vor sich hin, trübe und taub im Geheul seines sinnlosen Kummers, er schrie und wütete in der Untröstlichkeit. Traumverödung, Hirnübel aller Art, Schlaflosigkeit und Schlafsucht, ein Riß in der Zeit; Verhöhnung des Schmerzes, des Alkohols und des Sommers, und eine Zeitlang auch der Messingstadt. Mit Bleistift schmierte er an die eigenen Wände – unleserliche Zeichen, Vergessen, Vergessen, Ohnmacht, Schlammfang, wölfische Seele das bist du, kalte Kreatur und Gog und gloom. An einem Oktoberabend wurde er wach – ihm fehlte ein ganzer Sommer, ein halber Herbst – und stellte fest, daß er noch lebendig war. Vor seinen Fenstern bewegte sich farbiges Laub. Er schien sich selbst und den Tod überstanden zu haben, erkannte die falsche Verschwendung seiner Chancen und ging wie ein Patient mit verwackelten Beinen und grundlos lachend in die nächste Bar. Er betrank sich nicht, das wäre zu billig gewesen, er nahm eine Unbekannte mit ins Bett, die er flüchtig liebte und sofort vergaß, und fing nochmal zu existieren an, von vorn, wie er glaubte, aber er täuschte sich. Von Tod oder Übel nicht angegriffen, in wunderbarer Ruhe und frei von Schmerz, erschien in ihm Madlee, ein Bild voller Bilder, und es war der Anfang seines Betrugs.

Er dachte gern an die letzten Momente mit ihr. Sie standen gegen Morgen im Flur ihrer Wohnung, er zog den Mantel an, sie knöpfte ihn zu, hing dann auf Zehenspitzen in seinen Armen, und er stellte den Koffer wieder hin. Er küßte die heitere Stirn vor seinen Lippen, die Wimpern, die Lider und ihren Mund, kleiner, trockener, unbemalter Mund, und dachte nicht mehr an ein letztes Mal. Aus den Zimmern fiel etwas Licht und draußen war Regen, und sie sah ihn an, sie blickte in seine Augen, rückhaltlos, wie ihm schien, und ohne Tränen, und was sie sagte, war ihr letzter Satz: ich hab deine Dunkelheit so geliebt. Er konnte nichts sagen und ging schnell weg.

Er fragte sich, was gewesen wäre, hätte er Gabriella im Sommer geliebt.

Es wäre nicht anders gewesen als es war. Aber er liebte den Sommer in Babylon-City, schwere, rauchige Hitze im *Watership*, schweißnasse Köpfe der Joker, geöffnete Schlipse und die Brise vom Meer, in der sich Gardinen bewegten. Er wäre mit ihr gegen Morgen zur Küste gefahren, Parkplätze, Promenaden, alle leer, geplünderte Campingwagen, vergitterte Buden – Dancings, Kioske, Vergnügungsparks, Gondeln der Riesenräder knarrend im Wind – Wind vom Horizont, beständiges Strömen und die Farbe des Ostens, ein ausgewaschenes Blau. Gabriellas – Sabas – Schritt auf den Holzpromenaden, flatternde Mantelhälften und Haar im Wind, unbekannte Schläfer unter den Bohlen, Liebespaare, Schleicher, Abfallfresser. Sie fanden die einzige Bar, die geöffnet war, am Ende der Promenaden, ein lichtscheuer Schuppen, matte chinesische Leuchter auf niedrigen Tischen, während das Frühlicht durch die Türen fiel. Sie hätten Kaffee aus heißen Tassen getrunken, mit übernächtigten Sündern und schläfrigen Nanas, Schweineritzen-Gesichtern aus PUFF & PREDIGT, und ihren Monologen zugehört. Die dunkle Halle hätte sich gefüllt, mit Indios, Kindern, rempelnden Banditen, verfrühten Gigolos und verspäteten Dieben, Cognacdrosseln, verwitterten Klappstuhlgreisen, und die Weite des Strandes wäre verwandelt worden in Badeproleten, Motorboote und Musik.

Gabriella im Sommer, das wäre ihr Duft gewesen, indianische Strohsandalen, geöffnete Blusen, und es wäre die Liebe unter Bäumen gewesen, draußen und weiter, am Ende der Peripherie. Da sie BC nie verlassen hatte, wäre es die Entdeckung von Landschaft gewesen, der Berghänge und Kastanien, der Hügel und Gärten, Gabriella barfuß im gemähten Gras. Wer weiß, welche Saba wäre zum Vorschein gekommen, und die nie von sich sprach, hätte lachend zu sprechen begonnen, vielleicht einen heimlichen Wortlaut wiedergefunden, und er hätte die Stimme einer Sirene gehört.

War es nicht gleichgültig, welchen Spleen er träumte? Er hätte ein paar ihrer Freundinnen kennengelernt, und sie ein paar Irrlichtleben der Messingstadt – andere als im Winter, ganz andere Leute, auf Jahresausflügen der Nutten und Picknicks im Park, unentwirrbare Schwärme bezaubernder Flittchen, Nina, das Pferdegesichtchen, und Lizzi Shimdale, und Friedolina, die er nur einmal küßte, bevor er Gabriella im KEATON traf. Er hätte ihr seine Freunde präsentiert, farbige Falter der Nachtsonnenwelt, Jackself Brave mit seinen gelockerten Scherzen, den alten Toutlemond und den jungen Junior, der als Ehrenmann galt, weil er nie erwischt worden war. Er hatte einige Male mit Saba getanzt und sie einige Male mit anderen tanzen gesehen – vor Tropicdekorationen im *Chandolin*, jetzt fiel ihm ein Couplet ein, nicht zu spät:

– und ich sag dir mit der letzten
Ehrlichkeit
alles Quatsch und Sherry Brandy
Engel mein –

und er wußte, es war egal, ob das im Sommer oder Winter war.

Der Tod war eine Sache vom Hörensagen. Man holte Gestorbene aus Häusern, in denen er lebte, er hörte davon durch Zufall in einer Bar. Am Tisch neben ihm fiel ein Gentleman um, das Spiel ging weiter, man schaffte ihn aus dem Raum. Er liebte Totenmessen für Unbekannte, in nächtlichen Gotteshäusern der Peripherie, Glocken, Kerzen, alte Litaneien, deren Zauber für ihn ohne Inhalt war. Die Trauer anderer war tiefer als sein Empfinden, sein Totengedenken war selten und ging vorbei. Der eigene Tod schien keine Verzweiflung wert. Die kleine Angst verlor sich in Heiterkeit, die ihm selbst nicht immer geheuer war.

Die Toten der Messingstadt waren seltsame Kunden. Ihre Friedhöfe waren nirgendwo. Sie überlebten oder gingen unter, und kein Mensch wußte wo. Die Begräbnisse wurden nicht bekannt. Sie standen nachts nach Jahren wieder da, begleitet von jüngeren, schöneren, reicheren Frauen, und setzten die alte Routine fort. Ihre Auferstehung schien jederzeit möglich – Tote oder Scheintote, Schatten im Spiegel, Gespenster und Wiedergänger unter sich. Ihr Geistern schien selbstverständlich wie Wind in Passagen. Auf diese Weise war Taxi Coucou verschwunden und nach sechs Jahren wieder aufgetaucht, ausgepowert, gallig, auf schwankenden Beinen, und hatte wieder Glück und lachte nie. Seit Menschengedenken verschwunden, das hieß: für immer, war Meier Glaser mit seinen sämtlichen Mäusen, und Leibzik Vatts war plötzlich wieder da, Strohhut, Fliege, Orden am Jackett. Die Toten kamen und gingen ohne Grund. Die Bräute der Abhandenen gingen um, man brachte sie an den Tresen und fuhr sie nach Hause und war danach froh, sie loszusein.

Zwischen Toten und Lebenden erschien MADAME, gepuderte, zähe Hülse einer beauté, Rundumgeliebte von Schwindlern und Diplomaten, die Elster, die Kupplerin, das allwissende AAS. Sie residierte trinkend, doch nie betrunken, in wechselnden Hinterzimmern von BC, halbe Gewißheiten sammelnd und übertragend – unbarmherzige Vertraulichkeiten –, und vermittelte eine Ware ohne Gewähr: die Namen der Toten, von ihr Totgesagten, die Selbstmorde, Unfälle und Beseitigungen, und liebte die Auferstandenen nicht. Er hatte das Pech, ihr in die Arme zu laufen, sie erkannte ihn – o, sie erkannte ihn wieder! – luchsäugige Gewißheit bei seinem Erscheinen, er war der Aushälter jener Kleinen gewesen, Gabriella oder ähnlich, Monsieur Déjavu. Sie hakte sich bei ihm ein, und er ließ es gefallen, daß das alte, gefettete, weiche Maul ihn küßte. Man schien eine Unbekannte gefunden zu haben, die schöne Unbekannte von BC – ihre Stimme bemühte sich um empfindliche Töne –, er las das am besten in einem Journal.

Die Beschreibung traf auf Gabriella zu, so genau oder ungefähr wie auf hundert Frauen. Die Tote war von Joggern gefunden worden, am Rand eines Tennisplatzes der Peripherie, Knochenbrüche und Blut in zerrissenen Kleidern. Sie schien von Latten zusammengeschlagen, danach überfahren worden zu sein. Kein Name, kein Hinweis, die Tote war nicht bekannt. Es war eine Meldung, wie er sie täglich las, im Lokalteil einer Zeitung aus BC, und hatte mit Gabriella nichts zu tun. Aber der Stachel in ihm, das fressende Gift, ein schlechter Traum, den kein Erwachen löscht. Er erinnerte sich an ein Detail, lang vergessen oder nicht beachtet – elfter Januar vor wievielen Jahren, er holte sie zu sich aus einer Konditorei. Ein Kaffee- und Kuchentempel aus Plüsch und Blumen, es war ihr Wunsch, und sie war vor ihm da. Warum nicht, wie später, in einer gewöhnlichen Bar. War das Zufall, Vorsicht oder Spiel? War es ein Zeichen, für ihn, ein Hinweis, für wen? Er hatte den Koffer getragen und nichts gefragt.

Daß Gabriella ihn liebte, war nicht zu ändern. Er kam nicht mehr oft in die Wohnung zurück, ließ

Gabriella allein, er ließ sie allein, verschwendete Zeit in Casinos, wo keiner ihn kannte, in Bordellen und Deadend-Beizen der Außenbezirke, in Löchern der Messingstadt, wo er trank und schlief. Er erholte sich von ihr und von sich selbst. Er flüchtete zu Frauen, die er nicht liebte, hübsche Häute, die ihn gleichgültig ließen, flüchtige Nächte, schnelles Beruhigtsein. Vor solchen Körpern brach man nicht zusammen, die machten keine Seele fassungslos. Es war angenehm, eine Frau zu lieben, deren Schönheit nicht vollkommen war, Köpfe und Körperteile mit reizenden Schwächen, schwere Brüste, flache Hinterteile, üppige Behaarung, zu kurze Nasen – bei solchen Frauen konnte er sich erholen. Fand er sie in der Wohnung, auf ihn wartend, sprachlos, geduldig und ratlos wie er, warf er sich ohne Freude über sie. Er verfiel in schnelles oder gefühlloses Lieben. Gabriellas Schönheit war sich selbst genug, das war zu wenig für ihn und war zuviel. Aus Überwältigungen und Überfällen, aus infernalischer Überreiztheit des Liebens, aus traurigen aussichtslosen Attacken gab es nur eine Erlösung – châli. Er stieß mit Wörtern zusammen, die er nicht kannte, der Mörder, der Mord, und erkannte in fiebernder Hellsicht, daß eine Tötung möglich war. Ohnmacht aller Erlösungen, Ohnmacht, Ohnmacht. Verwüstete Schönheit, zerschnittene Häute, geblendete Augen. Daß er nicht ertrug, was er aussichtslos liebte. Daß er die Schönheit anfiel, küßte und fraß.

Gabriella nahm sein Lieben hin, am Anfang verwundert, danach mit Zufriedenheit. Man hatte Rasereien an ihr verübt, aber das war für Geld passiert und hatte nichts mit ihr zu tun. Seine Heftigkeiten galten nur ihr, und sie lieferte sich, wie er, den Betäubungen aus.

Was ihm Erinnerung kostbar machte und den Charme einer Frau zu erhellen schien, waren Landschaften, die man gemeinsam entdeckte, Wind, Wasser und Licht aller Jahreszeiten, die nur einmal möglichen Schauplätze des Gefühls. In der letzten Zeit, die ihnen gehörte, war es das Zwielicht des Winters in seiner Wohnung, meergraue Öde des Himmels von BC. Wann immer er an sie dachte, es war dieser Schimmer, der kalt erlosch oder hell wurde hinter den Fenstern, während sie nebeneinander lagen, in ungleichzeitigen Träumen, in täuschender Ruhe, in falschen Beruhigungen, in flüchtiger Trance. Gabriella in der Gewißheit des Liebens, und er in der Ungewißheit von les adieux.

Er wußte jetzt, daß sie nie eine Wohnung besaß. In der Aussichtlosigkeit war er zärtlich wie nie.

Geh und verschling mich.

Es war erstaunlich und nicht zu begreifen, daß er Gabriella nie wieder sah, nicht durch Zufall in einem Taxi entdeckte, in Begleitung eines Liebhabers oder allein. Sylvia war nie wieder aufgetaucht. Sie war verschollen für ihn wie er für sie, obwohl er weiter in ihre Gegenden kam, im *Chandolin* viel Zeit und Geld verspielte, in Billardsälen, Bordellen und Restaurants, und nicht versuchte, ihr aus dem Weg zu gehen.

War es nicht gleichgültig, welche Frau er liebte.

Er flüchtete in Zufälle und Betäubung, den Geistern der Messingstadt bis auf Weiteres entkommen, für kleine Bruchteile einer Unendlichkeit (ein Glück, das eine Geliebte für wölfisch hielt). Er lebte ohne Frauen, doch oft mit Frauen, die seine Leidenschaften für heilbar hielten, überwindbar in den Fängen der Liebe, und deren Gefühl für ihn verschwendet war. Er hatte nie versucht, sich lieben zu lassen, und seine Affairen gingen schnell vorbei. Die Jahre vergingen, sie vergingen immer, er sah Gabriella kleiner in ihnen werden, am deutlichsten als Schlafende zu erkennen, in vollkommener Ruhe, die gemeinsam war.

Er sah sie zuletzt in einer Winternacht – einmal mehr in einer Nacht im Winter –, als er von einer Party nach Hause kam, gegen Morgen im Taxi, und alleine war. Am Eingang des Hauses saß eine Frau, Knie an die Brust gezogen, umschlungene Beine, den Kopf an die Mauer zurückgelehnt. Sie sah ihn an, so restlos wie in der Nacht, als sie draußen vorm

Metropol in der Dunkelheit stand. Er zog sie an sich, frierende Gestalt, sie zitterte hemmungslos, er hielt sie fest, brachte sie in den Lift und in seine Wohnung, während sie schwerer als nötig an ihm hing, und setzte sie sanft auf einen Stuhl. Sie hatte auf ihn gewartet, warum gewartet, da sie nicht wissen konnte, wo er war. Was machte das aus, sie hatte auf ihn gewartet, davor zuwenig oder zuviel getrunken, und zitterte mehr, als nötig war. Die Frau schien erledigt. Er küßte das aufgeschwemmte kalte Gesicht, da warf sie sich gegen ihn, der Stuhl fiel um, er hob sie auf und setzte sie wieder hin. Aus ihrem Hals kam ein Ton, der kein Schluchzen war, kein Schrei mehr war – ein langsames, trockenes Heulen, das Wasser lief aus den Augen, sie weinte nicht. Als er mit Cognac aus der Küche kam, stand sie nackt zwischen abgeworfenen Kleidern, in schwarzen Strümpfen (sie hatte nicht vergessen, was ihm gefiel), mit gräßlichem Lachen auf ihn wartend, er gab ihr das volle Glas in die Hand. Sie schmiß es weg, er hielt ihre Arme fest, er kippte den zweiten Cognac in ihren Mund. Eine Lampe fiel um, zersplitterte auf dem Boden, Gabriella hatte sich auf den Teppich geworfen, erbrach in die Scherben und lag still. Er zog sie hoch, den Arm um ihren Bauch, und schob sie ins Bad. Sie erbrach noch einmal in die Badewanne. Das Erbrechen war echt, und echt war das Urinieren, während er sie auf der Toilette festhielt. Dann ging es ihr besser, und er duschte sie, Schaum floß unter ihr weg, und sie lachte darüber. Er wusch ihr Gesicht mit einem warmen Schwamm, in hoffnungsloser, erschöpfter Zärtlichkeit. Sie versuchte, sein Gesicht an die Brust zu ziehen – Gabriellas Brust, die wie immer schön war –, er trocknete sie ab, und sie ließ es geschehen. Er steckte sie danach in den Bademantel – denselben, der ihr gehörte, lange her – und legte die wieder Zitternde auf sein Bett. Weinend schlug sie um sich, als sie erkannte, daß der Mantel das einzige war, was er ihr gab, und lag wieder nackt und bog ihm den Bauch entgegen, kaum verständliche Worte, spritz mich voll. Die Stimme löste sich in Gekicher auf, danach in Schluchzen. Er dachte daran, sie ins Gesicht zu schlagen, das war ihm nicht möglich, er hielt sie fest, legte sie auf das Bett und deckte sie zu, sie blieb apathisch liegen und sah ihn an. Er strich das heiße Gesicht mit ruhigen Fingern, nach einer Weile fielen die Augen zu.

Es wurde hell, es wurde mal wieder hell, eisgraue Dämmerung eines Tags ohne Schnee, Dunkelheit erlöschend über der Skyline, dahinter das Meer, ein Raum ohne Licht und Laut. Er richtete sich auf, sie hielt ihn zurück. Ist es so schlimm? Es ist doch nicht so schlimm. Man kann doch nochmal darüber reden.

Er konnte nicht nochmal darüber reden. Er war zu oft und zu lange darin verzweifelt, und außer seiner Erschöpfung war nichts mehr da. Sie suchte die Kleider zusammen, zog sich an, er half ihr ungeschickt, sie ließ es geschehen. Ihr Gesicht war wieder in Form, sie trank Kaffee, die Tasse zwischen den Händen, nah am Mund. Er küßte sie auf den Mund, sie ließ es geschehen. Er bestellte kein Taxi, er fuhr sie im Wagen, sie wollte ins *Keaton*. Die Frau neben ihm saß still und rauchte, verschwunden in Gleichmut oder Müdigkeit, vielleicht unterwegs in ein anderes Bett, in Vergnügungen, die sie verabscheute oder wünschte, vielleicht auf dem Weg in eine eigene Wohnung, und das *Keaton* war eine falsche Adresse für ihn, fertig mit ihm, was ein ganzes Leben betraf, er bot ihr eine Zigarette an. Die Kippe im Aschenbecher rauchte noch, als er auf Umwegen an die Küste fuhr. Am Hinterausgang des *Keaton* stieg sie aus. Er trennte sich weinend. Sie verfluchte ihn.

III.

Licht an! Da capo!

Ich bin in die Nähe des Meers gezogen, in ein Apartmenthaus des französischen Viertels. Es gibt hier Groschenhotels über steilen Treppen, Blumenläden mit Eimern und Wasserschläuchen, dunkle Werkstattgewölbe der Klempner und Schreiner, und bunte Modistenfenster im Souterrain. Katzenwildnis, Knochen, tote Tauben. Araber und Spanier der Sklavenmärkte, wartend in Haufen vor der Bahnstation. Die Straßenschluchten und Plätze lärmen, Opernhölle aus Stimmen, Motoren, Musik. Ich habe hier ein intimes Bordell entdeckt, mit geheizten Handtuchstangen und Glöckchen am Bett (fünf Damen, zwei Herren aus dem Gabon).

Die Wohnung ist leer und heruntergekommen, abgegriffene Türen, zerkratzte Böden, hohe Fenster voll Meerlicht und Vogelflug. Ich habe weiße Gardinen angeschafft, einen Tisch, einen Billardtisch und ein breites Bett. Die Wände sind leer, ein verbrauchtes Weiß, der gelbe Poncho hängt neben dem Fenster, wo Skyline und Wasser zu sehen sind. Spuren löschen, untertauchen, ein altes Spiel. Es ist meine vierzehnte Wohnung in Babylon-City, billig und unpersönlich, wer weiß für wie lang. Daß ich kein Telefon besitze, verändert mein Leben, die

Stille scheint unerschöpflich wie Luft und Licht. Eine Frau weiß nichts von dem Lärm, den die Liebe mitbringt, und nichts von der Stille, die sie hinter sich läßt. Als ich einzog, fand ich Papiere im Koffer, und heute, nach Jahren, fällt mir ein, daß ich von Gabriella nichts besitze, keinen Ring, keine Locke, kein Loch im Strumpf, und ich habe nie ihre Handschrift gesehen. Gabriella ist wieder aufgetaucht.

Sie scheint mich auf der Straße erkannt zu haben, mir in die neue Wohnung gefolgt zu sein, leichte Schritte einer Unbekannten, Schnee auf dem Mantel, mit unbekümmerten Augen, der Körper bewegte sich lässig, die Hand war kalt. Ich entschuldigte mich für die Kälte in den Zimmern, es gibt nur einen Ofen im Billardraum. Wunderbarer Duft ging von ihr aus, halb Herbst, halb März, voll bitterer Essenzen, Blüte im Wind, betauter Mohn, eine köstliche Reizung.

Sie stand mit angezündeter Zigarette vor mir, ohne Preisgabe oder Angebot.

Freust du dich? Du fragst nichts.

Was könnte ich fragen.

Ich weiß nicht. Nichts. Du fragst mich nie.

Antwortest du?

Vielleicht, wenn du fragst.

Sie sah mich an – so restlos, daß ich nicht fragte.

Wollen wir plaudern?

Finish

Ich fuhr in einer Julinacht nach BC zurück. Die Küste war leer in Flutlicht und Dunkel, stehengelassene Trailors, verlassene Kioske, schnell geräumte Campings voll Müll und Wasser, Hunde auf Picknicktischen, Moskitos, Aas. Aus Luft und Meer schlug Brandung ins Scheinwerferlicht und verebbte zur Fahrbahn hin in schimmernden Flächen. Ein Lorry hing umgekippt ins Meer, geplatzte Container auf dem Asphalt verstreut. Ein Polizeijeep stand verkohlt am Strand. Hitze und Gummigestank schlugen mir entgegen. Ich war auf der Piste nach BC allein.

Seit ein paar Stunden wußte ich – plötzliche Nachricht zwischen Rock und Tango – daß ich in die falsche Richtung fuhr. Babylon-City war Strahlungen ausgesetzt. Ursprung und Ausmaß der Sache schien nicht bekannt. Die Gegenfahrbahn war von Verkehr verstopft, Transporter, Autobusse und Limousinen, flüchtend aus Babylon-City seit sieben Stunden, Menschen unsichtbar in verschlossenen Wagen, Fahrzeuge weiterrückend in kurzen Etappen, Kilometerketten aus Qualm und Licht. Menschenleere, von Motoren dröhnend, Radiostimmen, Gerüchte, blockierte Straßen, gesperrte Bahnhöfe, überfüllte Fähren – Brände, Unfälle,

Tote ohne Zahl –, und ich fuhr ohne Anlaß nach BC zurück.

Es war der Moment, der aller Voraussicht rechtgab. Die Art des Niedergangs überraschte mich nicht, ich hatte härtere Tode für möglich gehalten. Die Erde war angekommen, wohin sie gehörte: im nicht abwendbaren Epilog ihrer selbst. Die Materie war ohne Wert, die Sonne ging weiter, ich wollte nicht sterben, das Aussterben war mir egal.

Die Autobahn blieb frei bis zur letzten Ausfahrt. An den Rändern hängende Wracks in Haufen, Brücken und Dämme leer zwischen Kandelabern, deren Licht an tote Räume verschwendet war. Mich freute die Fülle sinnlosen Lichts, schimmernd auf trockenem Asphalt, in der Hitze der Nacht. Die Parkplätze waren leer, die Strände verlassen, zum erstenmal sah ich die City in solcher Verödung, Trottoire voll Papier und Scherben, zerschlagene Caféveranden und fließender Abfall, süßer Übelgeruch aus Urin und Cola, und plattgefahrene Hunde, Blech, Papier. Manchmal, nicht oft, in der Ferne erscheinend, Lebewesen aufrecht unterwegs, einzelne durch Licht und Leere treibend, Körper beweglich im Antrieb eigener Kräfte, über Plätze eilend in Schuhen und Kleidern, Kinder, Tiere, Geräte in den Armen, übrige Lebewesen, schlafwandelnde Opfer, verspätete Gäste eines Panoptikums. Babylon-City schien ausgestellt, Riesenspielzeug einer barbarischen Allmacht, die demonstrierte, was Willkür war. Hinter Fassaden, im Dunkel der Steinmassive, zwischen Wandmillionen verlassener Räume – Treppenhäuser, Tempel, Speisesäle – gingen die letzten menschlichen Wesen um, fraßen, tranken, liebten sich und erbrachen, verschliefen den Abgang oder feierten ihn.

Die Bank- und Zeitungsviertel waren geschlossen. Uniformierte Brigaden hielten mich an; Milizionäre, schußbereite Waffen, Augenboxen blind wie Flaschenböden, Kopfkassetten, Scheren, Atempumpen. Wo kamen diese Uniformen her, Behälter lebenden Fleisches, nie gesehen. Was noch war vorbereitet für solche Fälle, welche Sorte Container stand bereit – für Lebende oder Leichen, Fleisch oder Asche, Aas oder Schleim. Ich fuhr wie immer auf den alten Strecken, Avenue Arago, Avenue Shoham, Boulevard Millord, alle leer im Licht eines frühen Morgens, das scharf und rosig in den Luftraum stach. Ich fuhr vorbei – ich fuhr, wie immer, vorbei – an vergoldeten Gittern der Colombipassage, versteckten Bordellen und bunten Snacks, Hotels der Messingstadt, meine alte Zuflucht, das *Libanon*, das *Suite*, der *Schwedische Hof* – vor offener Drehtür ein Portier in Blau, den der Anblick des Wagens zu entgeistern schien – Arkaden und Souterrains des Französischen Viertels, Überalterung pompöser Fassaden, Säulen, Supraporten und Kariatyden, dunkle Bars und helle Apotheken, lärmende Plätze an gewöhnlichen Tagen – nicht mehr wiederkehrenden Tagen der Vorzeit –, und in der Menschenleere bedeutungslos.

Die Straße, das Haus, das Treppenhaus waren ausgestorben. Überfüllte Müllbehälter, leere Garagen, zertrampelte Reklamen im Hochparterre. Der Lift hing in der vierten Etage fest. Es fehlten Stimmen und Schreie, Motoren, Musiken, die Rufe der Straßenhändler, die Schellen und Glocken. Hinter geschlossenen Türen bewegte sich nichts, nichts außer der Stille bewegte sich. Wer in ihr wach war, gab kein Lebenszeichen. Er horchte und erwartete – nichts, oder die Monster. Es war ein Moment, in dem kein Wunder geschah, denn was immer geschah, war der Sinnlosigkeit willkommen. Es rannte ein weißes Pferd auf das Meer hinaus, jahrelang hörten wir die Hufe im Schlaf.

Die Türe war abgeschlossen, die Wohnung leer. Der Billardtisch, das Bett, der Poncho am Fenster – die Kugeln, die fleckigen Laken, die Farbe Gold – Staub in den Bodenritzen, geliebter Staub, Staub auf Journalen, Gläsern, Fensterscheiben – alles wie sonst. Stella und ihre Koffer waren verschwunden. Kein Zeichen für mich, kein Geschenk für den Raum, der eine Zeitlang ihr Zuhause war. Louange aux femmes pour leurs vie merveilleuse! Stella war weg.

Im geschlossenen Fenster sah ich den Golf und die Skyline, die Autobahnen am Wasser, den Horizont, die Teilung strahlender Bläue in Luft und Meer. Ein Helicopter flog waagrecht der Sonne entgegen. Der Tag war da, das unangreifbare Licht.

Ich wurde wach in einem dunklen Raum. Das Bett war leer, ich wußte nicht, wo ich war. Durch eine Fensterscheibe fiel staubiges Licht. Am Schrei eines Reihers erkannte ich, wo ich war, in der eigenen Wohnung. Die Mitternacht war kühl in der Brise vom Meer. Zwielicht, schwefelfarben, stieg aus den Schluchten und löste sich über BC in Schlieren auf. Gelbe Finsternis lag auf dem Meer, Reste von Feuern, unbeweglicher Rauch. Ich hatte den Tag der Rückkehr verschlafen, Stellas Abhandensein und die Stille der Wohnung – leere Zimmer, schöner als Boudoire, belebender als Oasen, vertrauter als Gärten. Ich hatte Hunger und Durst verschlafen. Falls ich Gewißheit für mich in Anspruch nahm, falls diese Sache je von Bedeutung war, dann eine im Spiel, eine leichtere im Verlust, eine helle im Schlaf. Schlaf, bodenlose Gewißheit, Schlaf ohne Traum. Tiefer Schlaf auf dem Rücksitz des Wagens, am Rand der Autobahnen, in einer Remise, auf Veranden, im Regen, im Wintermantel am Strand. Sorgloser Schlaf unter Bäumen, in Gras und Laub, in Kinosesseln, in Logen der Messingstadt. Schlaf im

Luxushotel und auf jedem Boden, der frei von Ungeziefer und Nässe war. Herrlicher Schlaf allein, unerschöpfliches Schlafen, wenn eine Frau in der Nähe war.

Ich fand kein Brot, weder Wein noch Cognac – Stella schien auch die Kerzen verbraucht zu haben. Pulverkaffee in einem Plastikbecher, das Leitungswasser war rostig und stank nach Chlor. Ich rasierte mich im Dunkeln, der Bart war alt, gewachsen in der Zeit vor der ersten Nacht. Bei der Gelegenheit fiel mir ein, daß der weinrote Smoking verschwunden war, im Koffer einer Geliebten? im Waschraum des *Keaton*?, letzter Ausweis meiner Salonfähigkeit. Ich verließ die Wohnung, wie ich war, schloß ab und steckte den Schlüssel ein. Im Treppenhaus staute sich, faulig und heiß, der Gestank von Zitronen. Stockwerke tiefer das Rascheln von Ratten, vielleicht von Ratten. Falter hingen verschmort am Glas der Beleuchtung, rutschten und zuckten über die Böden hin. Am Fuß der Straßentreppe lag ein Mensch. Es beruhigte mich, daß der Atem zu hören war.

Ein Anfall von Glück betäubte mich, als ich allein durch die leere City ging. Blauschwarze Pisten unter Neon, Staub und Papiere im trockenen Wind, das Laub der Platanen schwirrte, ein Reiher schrie. Schreie verirrter Reiher in der Nacht. Auf der Fahrbahn tauchten Gestalten auf, durch Schatten und Schlaglicht irrend, in hilfloser Hast. Ich hatte Vögel gesehen, das war in der Wüste, Roadrunner, flügelschlagend, auf kurzen Beinen, an Straßenrändern laufend, untröstliche Schreie. Aus der Tür des *Milan* fiel Licht, der Raum war leer, ein Unbekannter bediente sich hinter der Bar. Er winkte mit vollem Glas – komm rein! –, ein von Rausch verwackeltes Brillengesicht, das leergetrunkene Flaschen zählte und mit meiner Hilfe auf sechzehn kam.

Bedien dich! Er wies auf die Spiegelwand voller Flaschen. Wenn die Slums unterwegs sind, ist BC vorbei – was willst du trinken. Und wenn alle Idioten verschwunden sind – die Slums sind noch da, die sind immer da – Millionenfüßler, kriechend aus der Scheiße, aus den Kannibalbereichen der Nacht, Heere des Hungers, der Wut und der Raubgier, speichelnder, malmender, trampelnder Abschaum des Menschseins, Viehmenschkundschaft aus Rotz und Eiter, Blut und Sperma, Urin und Tränen, saufende Ausgedurstete, nässende Knochen, Randaleure mit Drähten, Verstümmler mit Schlagring und Knüppel, Kellerbrüder einer Hierarchie von Bestien, schwärmend in die Bestände der Oberwelt, durch Schätze und Provisionen des Penthausgesindels, Schatzkammerratten unterwegs in Rudeln, Steißgesichtige mit behaarten Tatzen, naß von Alkohol, blutend von Scherben, im Wimmern und Röhren ihrer Beutezüge, ihres Niederwalzens und ihres Zerfleischens, ihres Schmatzens, Schnalzens, Zähneknirschens, in ihrem Geheul nach allem und mehr – macht nichts! Bedien dich –, er wies auf die Spiegelwand voller Flaschen. Er horchte in die Nacht, er hörte den Ausbruch der Slums.

Ich nahm ein paar Flaschen Oporto mit. Ein Polizeijeep fegte über die Pisten, Blaulicht, Sirene, Walkietalkie – Stimmen, uniformierte Schatten in einem Behälter, der ohne Grund nach Norden zu rasen schien, dorthin, wo Brände um sich griffen, Feuer, die nie gemeldet wurden, zu den Messingstädten der Toten, dorthin, dort! Was hier zurückblieb und sich bewegte, lange noch menschenähnlich, danach verdorben, war nicht mehr Gegenstand von Recherche und Kontrolle. Strafen, Nachweise, Anzeigen außer Kraft. Nacht des Verlorenseins, der verbrauchten Hoffnung, ich fand mich aufgehoben im Raum ohne Inhalt, in der Vernichtung aller Illusion.

Gegen Morgen kam ich ins *Chandolin*. Der Eingang war WEGEN UMBAU geschlossen, von den Marquisen tropfte Taubenmist. Die Notausgänge standen zum Meer hin offen, kühle Brise Citronel und Meertang, heiße Korridore in Staub und Schimmer, rauchgetränkter Samt der Tapetenwände, verödete Billardsäle in schwachem Licht. Zimmerfluchten ohne Musik und Stimmen, ich hörte diese Stille zum ersten Mal, Echogelächter zugrundegegangener Spieler, die Abgrundgeräusche der Messingstadt. Fledermäuse, Motten, Moskitovölker, ihre Geisterstunde endete nie. Als Nelly von einer Ratte gebissen wurde, sie schlief erschöpft von l'amour am Boden der Bar, hatte man Rotweinflaschen am Tisch zerschlagen, das Tier in die Ecke gejagt und mit Glas zermalmt.

Auf den Treppenstufen zur Bar stand ein weißer Koffer, voll bunter Hoteletiketten der neige d'antan. Er gehörte dem Menschen, der hier Hausgeist war, König der Namenlosen, Bravissimo. Ich fand ihn am Tresen, wie immer im fleckigen Smoking, und wie immer Gintonic trinkend anstelle von Wein. Er fand es großartig, daß man sich wiedersah – unter diesen Umständen – konnte kein Zufall sein – er deutete sitzend eine Verbeugung an, die in gichtiger Versteifung steckenblieb. Der Koffer, sein Koffer, enthielt, was ein Roadrunner brauchte, der Inhalt, verehrter Freund, müßte sie enttäuschen – er schien in einem Taxi hierhergekommen, ich hatte kein Taxi in BC bemerkt, entschlossen zu überleben in diesem Bau, der sein Grab, sein Paradies, sein Tempel war. Wir bedienten uns gegenseitig aus wechselnden Flaschen – aber ich halte Sie auf, junger Freund! Er trug seinen Koffer in eine

Kutscherstube – ich folgte ihm, Flaschen tragend, durch stickige Flure –, die, seit ich ihn kannte, seine Behausung war. Er schien auf zusammengeschobenen Bänken zu schlafen. Ich half ihm aus den Kleidern und ließ ihn allein.

Unterwegs in den Labyrinthen des *Chandolin*, irrend durch Korridore, Logen, Treppen, auf der Suche nach einem Ausgang, egal wohin – in Sommer und Meerlicht eines verheerenden Tags –, hörte ich Geräusche in anderen Räumen, Nähe und Ferne nicht zu unterscheiden, und geriet in eine Suite, von der ich nichts wußte, Tee- und Sandwichküche von Angestellten, Umkleideräume, Duschen, Vorratsboxen. Im Blaken einer defekten Neonröhre, allein am Tisch, saß eine junge Frau, Kofferradio und Cocacola vor sich, und las oder träumte in einem Comicheft. Ich kannte sie aus flüchtigen Augenblicken, wenn ich das *Chandolin* gegen Morgen verließ und sie ein Gesicht unter vielen war, Putzfrauen unterwegs in den leeren Bau. Jetzt sah ich sie allein, sie bemerkte mich nicht, schön in der Ruhe ihres Selbstvergessens, Köder ausgesetzt in Raum und Zeit, und Plutos Gelächter hallte im Hintergrund. Sie schreckte zusammen, als sie mich wahrnahm, Schatten eines Mannes ohne Gesicht, und lachte heftig erleichtert, als sie erkannte, daß ich ein alter Kunde des Hauses war. Mich hatte sie nicht erwartet, o nein – mich nicht, so wenig wie jeden andern in dieser Nacht. Sie erwartete mehr als nichts, doch keinen Amigo, der den Abstieg zu ihr in diese Höhle fand.

Was machen Sie hier?

Ja, was machte ich hier, allein, ohne Vorwand oder Rendezvous – Unstern jagen, Staub und Schatten fressen. Was hoffte ich hier zu finden, was machte sie selbst, allein auf diesem Schauplatz, ohne Zeugen.

Ihre Haut war olivenfarben, ihr Auge zögernd, ihr Mund malice. Dann war sie aufgestanden und lief umher, die Finger tastend am Rand des ovalen Tischs.

Sie schien mit meinen Augen im Raum allein.

Was sagen Sie zu der Hitze!

Ich sagte nicht viel.

Störte sie nicht das wackelnde Licht? Sie machte Licht in einem Nebenraum.

Ich entdeckte Champagner in einer Eisbox. Wir tranken Champagner, stehend am Tisch, schäumende, kalte Schlucke aus einem Glas. Es gab hier Kaviar und Lachs, doch wir aßen nicht.

Und der Name, dein Name?

Alte Schwäche von mir, nach dem Namen zu fragen.

O mein Name! Claudia, wenn du willst.

Claudia, wenn ich wollte, es war eine Hundstagsnacht, und ich dachte daran, daß der Bravissimo schlief, röchelnd vielleicht, mit aufgerissenem Mund. Vor mir stand eine Frau, an die ich nicht dachte. Sie ließ es zu, daß ich sie an mich zog.

Es war das Ende einer erschöpfenden Nacht, Windstöße in den Höhlen des *Chandolin*, lautlos und leicht, Berührung ätherischer Seide, wir fanden ein Zimmer und blieben den Tag lang dort. Claudia, die ich wollte, schlief lang und tief, Brombeerauge, kleines weißes Gesicht, es blieb keine Zeit, einen Namen für sie zu finden. Als der Abend dunkel wurde, wachten wir auf. Sie blieb im *Chandolin*, vielleicht in der Küche, nichts konnte sie bewegen, mit mir zu gehn. Ich fand die Notausgänge, sie standen offen, und war in der Nacht.

Der Albapark war verstaubt und dunkel, die Fontainen pladderten ohne Licht, Vogelhäuser und Karusselle finster, in den Alleen schimmerte Kies. Seit die Metropole offener Schauplatz war, geschah in Gehölzen und Parks kein Verbrechen mehr. Von Polizeipatrouillen keine Spur. Es gab Moskitos, Katzen und ein paar Gauner, die aus Gewohnheit auf den Bänken schliefen.

Die eigenen Schritte machten Krach im Kies. Vor mir erschien – oder wartete – eine Gestalt. Sie stand auf dem Weg und erwartete den, der aus Zufall, im Dunkel unkenntlich, näherkam. Ich dachte an Füchse im Bergland, Geschöpfe der Tollwut, wartend darauf, berührt zu werden, und ich verscheuchte sie mit Geschrei und Steinen. Der menschliche Umriß vor mir schien sich nicht zu bewegen. Im gedämpften Gegenlicht der Kiesfläche sah ich, daß eine Frau den Weg verstellte. Dunkelheit verbarg Gesicht und Alter, doch schien sie mir etwas entgegenzuhalten, in beiden Händen ein kompaktes Ding, das ich nahm und festhielt. Eine Granate hätte mich nicht erstaunt. Es war ein in Tuch gewickeltes Kind.

Die Gestalt sagte nichts, sie sah mich an.

Im Exodus war vieles zurückgeblieben. Man hatte ausgemistet in den Familien, Idioten und Krüppel sich selbst überlassen, das unwillkommene Leben von Fall zu Fall, Sterbende, Unbewegliche, krankes Fleisch. Das ging in unbeleuchteten Räumen zugrunde, stinkend, bewußtlos, von Fliegen und Katzen befallen, heulend nach Wasser, in Kot und Gesabber verkommend. Das telefonierte noch, schrie nach Brot und Erlösung, fraß Kleider an, zerkaute Müll und Seife. Das taumelte in Agonie und Irrsinn, verlöschte in Betten, schlug in Höfen auf. Das kicherte noch, versunken in Heimlichkeiten, das hielt sich für unsichtbar und verkam in Angst.

Ich führte sie zu den Laternen am Rand des Parks. Sie bewegte sich neben mir mit eifrigen Schritten, in sprachlosem Anvertrauen, das Kind im Arm, altes Porzellangesicht ohne Wimpern, kleine Arglosigkeit mit verschlagenen Augen, bereit, gelobt zu werden, bestaunen zu lassen, sie hielt ein Wunder am Leben, es atmete noch. Immer noch wortlos lief sie neben mir, dann blieb sie stehn.

Ein Schreck schien sie wie ein Schuß getroffen zu haben. Sie wich vor mir zurück in den Schatten der Bäume – böser Blick, in mein Gesicht geworfen –, drehte sich um und lief auf den Boulevard, dünne, weiße Beine im offenen Mantel, klopfende Stiefeletten weithin hörbar, ich rief hinterher, es schien sie nicht zu erreichen, sie rannte einzeln sichtbar in die falsche Richtung.

Im Hintergrund der Nacht, aus den Peripherien, dröhnte seit einer Weile Motorenlärm, Horden der Eisenpriester unterwegs, schwarz gedrängt auf schweren Maschinen, in Haufen über Brücken und Plätze rasend, auf Trottoire schlitternd durch Müll und Scherben, Slalom zwischen Laternen und Brückenpfeilern, umgerissene Fahrzeuge, rollende Tonnen. Auf U-Bahntreppen lagen Verletzte, ausgebrannte Maschinen und qualmendes Leder, Sturzhelme blutig in Bahnhofshallen, kreischende Bräute. Ich atmete im Qualm nicht sichtbarer Brände, im schwarzen fettigen oder trockenen Ruß, der aus den Ostendvierteln flog und fiel. Vor der Küste gingen Granaten hoch. Aus den Colombipassagen quoll schwerer Rauch, übel riechend nach Fett und verbranntem Haar, rennende Füße auf den Marmorböden, hustende, würgende Köpfe, verhüllt von Rauch. Menschliche Erscheinungen sah ich nicht. Ein Vermummter brannte in fauchender Flamme, stürzte, schlug um sich und verkohlte still. Weite Schaufensterfluchten waren zerstört, ins Glas gedroschene Löcher, zerschossene Türen, ins Dunkel geschleuderte brennende Lumpen. Das fackelte, qualmte, zischte in lichtlosen Höfen, zu grauer Crème zerschmolz eine Bäckerei.

In der Schneise der Eisenpriester blieb Schutt und Stille. Danach kommt die Ratte, der Marodeur, der Hund, der Knochen, der Gottes Verwesung entkam, der Tod und das Nichts.

In ihren Löchern der Messingstadt, in Puffs und Billardsälen außer Betrieb, im *Watership* mit den sieben versteckten Türen, fand sich die restliche Elite ein. Ich kannte ihre Gesichter in jeder Beleuchtung, und ihre Namen im Tonfall unzähliger Stimmen – Leyla Miller, Toni Bebesco und Lazar Chaim, Leute, die hier als CASH & HAPPY galten, notorische bunte Hunde der Unterwelt. Man hatte sich bis auf weiteres niedergelassen, der ERNST DER LAGE wurde nicht erwähnt, und machte in der gewohnten Routine weiter, im Spiel um hohe Einsätze ohne Rest. Alles wie immer: Krawattengesichter und Schulden, faule Witze, Flirts und Nervositäten, Damengelächter, Zigarren und falscher Poker, während für mich nichts mehr wirklich war. Über Nacht war verloren, was wirklich schien, die Gewißheit der Materie und ihrer Namen, des Wassers und der Luft, der Körper und Früchte, Staub, Stein und Regen, und Wind, und Meer, wovon ich lebte, ohne es zu bezweifeln – wer wäre je verzweifelt an einem Windstoß. Jetzt sah ich die Gentlemen und mich selbst unter ihnen, im letzten Rechthaben derer, die keines besitzen, im Verspielen der Illusion, unangreifbar zu sein – Spiel der Spiele, das nie heiterer war als im Augenblick seiner äußersten Sinnlosigkeit.

Unterwegs in BC, zu Fuß, allein, in meine Wohnung kam ich nicht zurück. Es gab keinen Grund, im eigenen Bett zu schlafen, da die Gegend voll verlassener Matratzen war. Leere Wohnungen, abgestellte Wagen, der eigene Wagen konnte verschwunden sein, es kam nicht darauf an, ich selbst ließ verschwinden, zuletzt einen Alfa mit marokkanischer Nummer, der jetzt an der Küste parkte ohne Sprit. Kein vernünftiger Mensch benutzte eigene Wagen. Seit ich allein in BC unterwegs war, und in den Bas-Fonds der Messingstadt, fand ich die Nacht, die dröhnende oder leere, in ihrer Verödung wunderbar. Dunkelheit ohne Musiken und ohne Gelächter, Stillstand des Dunkels. Alle Zeit war Nacht, ich verschlief das Licht und die Tage und kroch aus dem *Watership* in die Hitze des Abends, in die trockene Brise vom Meer, die den Staub in der Luft hielt, es gab in der Hitze keine Reiher mehr. Im Hof stand der Wagen eines Jokers, er trank seit ein paar Stunden an der Bar, im Rücksitz des Wagens eine verkrümmte Nutte, das Autoradio lief, sie atmete nicht. Ich ging zurück, der Typ wollte nichts davon wissen. Die Frau war tot? Na schön, dann war sie tot. Sie hatte sich geweigert, mit ihm zu schlafen. Schnelles Fahren vertrug sie nicht, da hatte er sie durch BC geschaukelt, bis sie endlich bewußtlos war.

Wo immer ich hinkam in diesen Nächten, war die Menschenleere von einzelnen Typen belebt. Gaukler und Sänger ohne Publikum, Selbstvergessene in sinnlosen Spielen, allein in Gesellschaft ihrer Instrumente, Bälle, Klarinetten, schiefe Hüte. Liebespaare auf den Trottoiren, umarmende, flüsternde, berauschte Gestalten, eingehüllt in Rock'n Roll und Ponchos, singend im Halbschlaf, neben Feuern schlafend. Einzelne Frauen trugen Transparente, doch kam die Schrift aus einer anderen Zeit. Wer sich hier zeigte, hatte nicht viel vor. Er hatte rauchend und schlafend nichts zu tun. Er nahm, bewußtlos vielleicht, die Zeit in sich auf und gab sie preis ohne Hoffnung oder Bedauern. Er schien erleichtert, er atmete auf, über Nacht befreit von der Sorge um sich selbst, auf vernichtende Weise entlastet von Ohnmacht und Zweifel, der Ungewißheit eigener Todesart. Er konnte noch da sein, aber nichts mehr tun. Einzelne, die ich traf oder wiedersah, Betrunkene, Irrläufer, Aussortierte, waren als Zwillinge ihrer selbst zu erkennen, nicht zu beglaubigen und nicht zu bestreiten, unsichtbar Tätowierte des Untergangs, taumelnd in euphorischen Agonien, noch vorhanden im Raum, der Zeit schon entzogen – Schwerelosigkeit, die ich selbst erlebte, obwohl mir ein Untergang keine Genugtuung gibt. (War Gabriella in meine Wohnung geflüchtet, wartete schlafend in meinem Bett – aber der Gedanke ging vorbei.)

Nacht der Lebenden und Nacht der Toten, alles wie immer. Eine Truppe der Heilsarmee, kompakt in Blau, marschierte singend im Lärm ihrer Blasmusik und verschwand – warum – in einem Sportgeschäft. Ein Konvoi von Sprengwagen raste am Meer entlang, Staub in die Windstille schleudernd, woher, wohin. Joggervereine durcheilten den Albapark. Der Boulevard Saarbruck war wie immer gesperrt, ich wurde Zeuge einer Schießerei. Zwischen umgerissenen Markierungen hielt ein Jeep. Es wurde in eine dunkle Fassade geschossen, die in Trümmern aus Glas und Stein verschwand. Maskierte Gestalten – warum maskierte – rannten mit langen Beinen außer Sicht. Lange noch stand ein Maskierter im Dunkeln, ich ging vorbei, er ließ sich Feuer geben.

In allen Nächten sah ich dieselben Nutten und hatte wie immer den Eindruck, es fehle keine, wartend in Hauseingängen und Viadukten, auf welche Art oder Abart von Kundendienst. In ihrer Nähe erschien kein Mann, es hielt keine Limousine am Trottoir. Ich sah eine Nutte vor einer Kerze weinen, die mit weißer Flamme am Rinnstein schmolz.

Einmal nachts bemerkte ich ein Kind. Es war ein dunkles Mädchen mit fliegender Ware, Kaugummis, Nüssen, Pornobildern, ein Koffer voll Spielzeug stand neben ihr auf dem Asphalt. Das war auf den Bahnsteigtreppen der Nordstation. Das Mädchen schien in der Nacht nichts verkauft zu haben, auf einmal waren wenig Leute da, man blickte in den Koffer und ging vorbei, es war wohl irgendwas in BC passiert. Ich kaufte den Koffer und nahm ihn mit, und mit dem Koffer das stumme Kind. Es blieb in meiner Nähe die ganze Nacht, vertrauend auf seinen Koffer und auch auf mich, auf den einen weniger, auf das andere mehr. Wer den kleinen Koffer hatte, besaß die Welt, er besaß eine Fülle von Zeit und die Augen des Kindes. Wir liefen hinunter zur Küste, das Mädchen war barfuß, es hatte die Schuhe in den Koffer getan, und liefen am Strand zurück nach Babylon-City, auf unbeleuchteten Strecken, durch Schrott und Müll. Wir erzählten in derselben Sprache, und ich wußte nicht und konnte mich nicht erinnern, wer wem erzählte und was es war. Die Lippen des Kindes waren ungeübt, doch ununterbrochen waren die Augen da. Als es müde wurde, gegen Morgen, blieben wir in der Veranda das *Café Sport*. Zusammengerollt im Korbstuhl schlief es ein. Als ich wach wurde, war der Korbstuhl leer, und der Koffer weg.

Die Zeit verging, mit mir oder ohne mich, mit einer Geliebten oder ohne sie, Illusion des Verschontseins, nicht faßbare Tage, verloren im Licht, im unangreifbaren Licht, nicht leichter hinzunehmen als Traum und Nacht. Ich wachte in fremden Zimmern auf, allein und froh darüber, nicht immer allein, geweckt von Unbekannten, die kamen und gingen, Leute in Regencapes oder Bademänteln, suchend nach Gegenständen, Kindern, Frauen, häufig nach einer Julia, die keiner kannte. Ich geriet in Wohnungen, wo geschlafen wurde, Körper in Umarmungen und in Trancen, wimmernd in Monologen, Erstickungen, Räuschen, hier schien kein Mensch für einen anderen da. Es waren Wohnungen, von denen man träumte, Häuser in Gärten, Etagen über der Küste, gläserne Suiten im Licht, hoch oben im Meerwind, verheert von Plünderung, Gewalt und Scheiße (Invasionen der Slums, ich hörte die Geräusche, Verfluchungen, Schlagringe, Stiefelknallen). In einem Penthaus verfaulte ein Papagei, die Krallen lagen im Eisschrank, der Kopf war weg. Tote Leute fand man überall.

Auf dem Warschauer Damm, er war leer und dunkel, hörte ich Geräusche und sah mich um. Aus entfernten Räumen kam Tanzmusik. Die Tür einer Bar war angelehnt, der Raum war dunkel, dahinter schimmerte Licht. Ich geriet in einen Festsaal aus Samt und Sperrholz, eine Glühbirne brannte über gestapelten Stühlen. Im Hintergrund, verschattet von Dekorationen, bewegte sich, ungefähr tanzend, ein einzelnes Paar. Ich fand einen Sessel am Eingang und schaute zu. Es bewegte sich im Schlendrian eines Tango, sehr eng umarmt, in sanfter Benommenheit. Ich sah den weißen Rücken einer Frau, schwarz fallendes Haar und nackte Füße, sie hing am Hals des Mannes mit weißem Arm. Nach einer Drehung sah ich ihr Gesicht, über der Schulter des Tänzers die Stirn und das Haar, weit offene Augen nahmen mich wahr, ohne Wimperzucken, interesselos. Der Mann war alt und kahl, ein verblichener Gaudi, der mit verhangenen Augen Tango schob (schleppendes altes Musikstück, Geschummer und Fiedel, das mit ruhevoller Bewegung zu Ende ging). Das Paar schien Ort und Zeit vergessen zu haben. Es stand umarmt, als tanze es weiter, versunken in paradiesischer Melancholie.

Kein Geräusch war im Raum, bis die Frau sich

bewegte. Sie löste sich leicht aus den Armen des Mannes, nahm grüne Sandalen vom Boden und kam zu mir. Der Mann stand unbeteiligt im Hintergrund. Sie zog einen Sessel neben mich und schwieg eine Weile, ich unterbrach sie nicht. Tonlosigkeit, die die Leere des Raums verschärfte, den hörbaren Nachklang einer Musik. In dieser Stille sagte sie: und du?

Ich zündete ihr und mir Zigaretten an. Sie sah dem Vorgang gleichmütig zu, graue Augen, die kein Zeichen gaben, und nahm eine Zigarette aus meiner Hand.

Stört dich was? Eine Stimme aus Trägheit und Kälte, die in der Routine ohne Anmut war.

Das konnte der Anfang einer Affaire sein.

Sie lief zu dem Mann, der am Ausgang zu warten schien, er nickte zu ihren Sätzen, verließ den Raum. Mit schnellen Schritten kam sie zurück und ich hörte, daß niemand sie erwarte in dieser Nacht.

Das Licht brannte weiter, als wir gingen, durch die Schatten spiegelnde Bar, auf den Damm hinaus. Die Luft schien erfrischt, beständiges Strömen vom Meer, worin ein Duft von Kork und Honig war, vielleicht das Parfüm des Mädchens neben mir. Es fingen tausendundsieben Nächte an. Ich erinnere mich, an was – ich kann mich erinnern, daß in den Nächten nicht viel geschah. Eine andere Zeit schien uns aufzunehmen, in ihr verschwand, was unentrinnbar war – Namen und Daten einer Biografie, Telefone, Adressen, Obsessionen, entbehrliche Umstände in der Sommernacht. Wer war die Frau? Daß sie Andrea hieß, war schon zuviel. Ein grüner Ring in den Haaren, war es das? Vielleicht eine Tasche, aus der sie zu leben schien und in der sie nie fand, was sie in ihr suchte. Ein weißer Rücken, ein unbezahlbarer Mund. Mir gefiel, daß kein Wort die Routine verriet, die Machart der Liebe, die Handgriffe ihres Berufs.

Wir redeten wenig. Es war kein Stoff für vieles Reden da, es gab für Mißverständnisse keinen Grund. Das Anfassen ihrer Haut, die Berührung der Lippen war die einzige Mitteilung, die verständlich schien. Wie wir die Zeit verbrachten, allein und zusammen, die Nacht, den Schlaf und die Sonne in Anspruch nahmen, Spieler ohne Chance, sich aufs Spiel zu setzen. Liebte ich sie? Was hatten wir vor. Ging irgendwas über uns hinaus, ein Wunsch, ein Wahn, ein Verlangen nach was – châli. Wo immer wir waren, sie verwöhnte sich, es war der Einbruch in offenstehende Häuser, der sinnlose Diebstahl, der hoffnungslose Verbrauch. Sie badete, drapierte, bemalte sich, als sei sie entschlossen, den Tod in ihr Bett zu ziehen. Wir kamen durch viele Häuser in wenigen Nächten, circensische Badezimmer und üppige Betten, sie räumte mehrere Garderoben aus, ließ Kleider und Schuhe auf den

Treppen liegen und packte nichts von diesem Reichtum ein. Sie spielte Modenschau vor allen Spiegeln, sie bot sich in immer neuen Entkleidungen dar, in Kimonos, Agbadas und indischen Leibchen, entzog sich mit schneller Umarmung und lachte viel.

War es nicht gleichgültig, welche Frau man liebte. Ich hatte ein paar Jahre mit Lidia verloren, eine Affaire mit Gabriella beendet, und Rahel wie keine andere geliebt. Ich hatte betrogen und im Stich gelassen, wurde betrogen und im Stich gelassen, das Übliche in unausgeglichener Verteilung, Spiele und Varianten im Repertoire. Es war, nach allem, nicht der Rede wert. Schön war eine Frau, von der ich nichts wußte. Was für eine Chance, sie nicht zu besitzen, nicht besitzen zu wollen, es sei denn nachts. Sie verkörperte, spielend wie ich, eine Liaison. Ich verlor mich in dieser Sorglosigkeit, ich schlief, verschlief und erwachte in ihr. Es gab keine Zweifel, Launen, Leidenschaften. Beiläufigkeit des Liebens, faire l'amour. Die Nacht war leicht, fast leer, uns fehlte nichts.

Einmal fiel Regen, wir schliefen in einer Etage, die von hohen Kastanien umgeben war. Ich öffnete ein Fenster, während sie schlief. Im Geräusch des Regens, der lange anhielt, empfand ich mehr Glück, als gut für mich war.

Wir verließen die Etage, in welcher Nacht. Vom

Ende des Boulevard, im Schatten der Bäume, kamen uns unbekannte Gestalten entgegen, Schwarze in weißen Smokings und helle Frauen, aufgelöste Frisuren, nackte Schultern – Schauspieler oder Artisten und ihre Bräute? Sie gingen umarmt und einzeln, ich hörte ihr Lachen, die Augen waren heiter, die Stimmen hell. Man winkte uns zu, vergaß uns und ging weiter, in traumhafter Ruhe außer Sicht.

Christoph Meckel

Bericht zur
Entstehung einer Weltkomödie
Band 10931

Licht
Erzählungen. Band 2100

Die Messingstadt
Roman. Band 11367

Nachricht für Baratynski
Band 5424

Plunder
Band 9255

Ein roter Faden
Gesammelte Erzählungen. Band 5447

Souterrain
Gedichte. Band 5146

Suchbild
Über meinen Vater. Band 5412

Wildnisse
Gedichte. Band 5819

Fischer Taschenbuch Verlag

fi 141 / 7

Lyrik

Odysseas Elytis
To Axion Esti – Gepriesen sei
Gedichte und Prosa. Band 5029

Erich Fried
Anfechtungen
Gedichte. Band 10343
Befreiung von der Flucht
Gedichte und Gegengedichte Band 5864
100 Gedichte ohne Vaterland
Band 10988
Frühe Gedichte
Band 9511
Reich der Steine
Zyklische Gedichte Band 5959
Warngedichte
Band 2225
Die Freiheit den Mund aufzumachen
Achtundvierzig Gedichte Band 10344

Walter Helmut Fritz
Mit einer Feder aus den Flügeln des Ikarus
Ausgewählte Gedichte Band 9266

Yvan und Claire Goll
Traumkraut / Die Antirose
Gedichte. Band 9590

Ludwig Greve
Sie lacht und andere Gedichte
Band 11524

Jana Halamičková (Hg.)
Die Kinder dieser Welt
Gedichte aus zwei Jahrhunderten Band 10039

Peter Hamm
Der Balken
Gedichte Band 5314
Die verschwindende Welt
Gedichte Band 9173

Klaus Hensel
Oktober, Lichtspiel
Gedichte Band 9509
Stradivaris Geigenstein
Band 11286

Bruno Hillebrand
Und sage ja zu diesem Augenblick
Gedichte aus den Jahren 1960–1985 Band 10842

Peter Huchel
Chausseen, Chausseen
Gedichte Band 5120

Marie Luise Kaschnitz
Überallnie
Ausgewählte Gedichte 1928–1965 Band 5820

Fischer Taschenbuch Verlag

fi 145/16 b

Deutschland erzählt

Herausgegeben von Benno von Wiese

Das vierbändige Sammelwerk »Deutschland erzählt« enthält eine Auswahl von etwa 75 deutschsprachigen Erzählungen aus den letzten 150 Jahren. Der Herausgeber, Benno von Wiese, hat nicht die pathetische Absicht, einen für alle Zeiten geltenden Kanon aufzustellen, seine Auswahl lädt vielmehr ein zur Diskussion. Mancher wird Namen vermissen, die ihm lieb geworden sind; oft muß ein Autor mit seiner Darstellungsweise stellvertretend für andere stehen. Andererseits wird wohl jeder Leser in diesen Bänden Gelegenheit zu überraschenden Wiederbegegnungen und beglückenden Entdeckungen finden. Der Herausgeber verfolgt mit seiner Auswahl zwei Absichten: Er will seine Leser unterhalten und möchte ihnen zugleich Zugang verschaffen zu den nicht immer leicht erreichbaren Schätzen der deutschen erzählenden Literatur.

Deutschland erzählt

Von Johann Wolfgang von Goethe bis Ludwig Tieck
Band 10982

Von Georg Büchner bis Gerhart Hauptmann
Band 10983

Von Arthur Schnitzler bis Uwe Johnson
Band 10984

Von Rainer Maria Rilke bis Peter Handke
Band 10985

Fischer Taschenbuch Verlag

fi 374/4

Collection S. Fischer

Hermann Burger
Die allmähliche Verfertigung der Idee beim Schreiben
Frankfurter Poetik-Vorlesung
Band 2348

Clemens Eich
Aufstehn und gehn
Gedichte
Band 2316
Zwanzig nach drei
Erzählungen
Band 2356

Dieter Forte
Jean Henry Dunant oder Die Einführung der Zivilisation
Ein Schauspiel
Band 2301

Marianne Gruber
Der Tod des Regenpfeifers
Zwei Erzählungen
Band 2368

Wolfgang Hilbig
abwesenheit
gedichte
Band 2308
Der Brief
Drei Erzählungen
Band 2342
die versprengung
gedichte
Band 2350
Die Weiber
Band 2355

Ulrich Horstmann
Schwedentrunk
Gedichte
Band 2362

Bernd Igel
Das Geschlecht der Häuser gebar mir fremde Orte
Gedichte
Band 2363

Walter Jens (Hg.)
Schreibschule
Neue deutsche Prosa. Band 2367

Peter Stephan Jungk
Rundgang
Roman. Band 2323

Christoph Keller
Wie ist das Wetter in Boulder?
Eine amerikanische Erzählung
Band 2369

Judith Kuckart/
Jörg Aufenanger
Eine Tanzwut
Das TanzTheater Skoronel
Band 2364

Fischer Taschenbuch Verlag

fi 176/19a

Collection S. Fischer

Dieter Kühn
Der wilde Gesang der Kaiserin Elisabeth
Band 2325

Ulrike Längle
Am Marterpfahl der Irokesen
Liebesgeschichten
Band 2374

Katja Lange-Müller
Wehleid – wie im Leben
Erzählungen
Band 2347

Dagmar Leupold
Edmond: Geschichte einer Sehnsucht
Roman
Band 2373

Johann Peter
Landsonntag, englisch
Geschichten
Band 2365

Dirk von Petersdorff
Wie es weitergeht
Gedichte. Band 2371

Elisabeth Reichart
Komm über den See
Erzählungen. Band 2357

Gerhard Roth
Circus Şaluti
Band 2321
Dorfchronik zum 'Landläufigen Tod'
Band 2340

Evelyn Schlag
Beim Hüter des Schattens
Erzählungen
Band 2335
Brandstetters Reise
Erzählungen.
Band 2345
Die Kränkung
Erzählung. Band 2352

Klaus Schlesinger
Matulla und Busch
Band 2337

Johanna Walser
Die Unterwerfung
Erzählung. Band 2349
Vor dem Leben stehend
Band 2326
Wetterleuchten
Erzählungen
Band 2370

Ulrich Woelk
Freigang
Roman. Band 2366
Tod Liebe Verklärung
Stück. Band 2372

Fischer Taschenbuch Verlag

fi 176/20b

HANSER